Je suis
libéral comme un
garçon

U0731855

Oncle Apeng

如果没有归途

九州出版社
JIUZHOUPRESS

阿鹏叔 著

图书在版编目（CIP）数据

如果没有归途 / 阿鹏叔著. -- 北京: 九州出版社, 2014.6
ISBN 978-7-5108-3054-9

Ⅰ. ①如… Ⅱ. ①阿… Ⅲ. ①散文集－中国－当代 Ⅳ. ①I267

中国版本图书馆CIP数据核字（2014）第130564号

如果没有归途

作　　者　阿鹏叔　著
出版发行　九州出版社
出 版 人　黄宪华
地　　址　北京市西城区阜外大街甲35号(100037)
发行电话　（010）68992190/3/5/6
网　　址　www.jiuzhoupress.com
电子信箱　jiuzhou@jiuzhoupress.com
印　　刷　北京中科印刷有限公司
开　　本　870毫米×1240毫米　　32开
印　　张　8
字　　数　140千字
版　　次　2014年7月第1版
印　　次　2014年7月第1次印刷
书　　号　ISBN 978-7-5108-3054-9
定　　价　35.00元

序一／记录者

2010 年岁末。空气中泛着寒冷和仓促的味道。

那天午后，快递员送来一个邮件，上面清清淡淡的笔迹很是熟悉。彼时，我们已有三四年没有联系。

拆开邮件，一张 CD、一个素本。本的扉页上写着 :“姐，这一年很特别，岁末我做了这个，算是纪念吧。新年快乐！”那天，我第一次知道“菒悳”。我用了几乎两天的时间，完整地听了那一年的菒悳合集，然后，发短信说 : 这是属于你的声音、图片和文字的记录，做得真好！

我们初识在 1992 年。那年，我刚从师范学校毕业。他们是我的第一届学生和朋友。

记忆中的他，常穿一件牛仔上衣，在同龄的男孩中少有的整洁。那时候，我酷爱摄影，常拿我的学生朋友们当模特拍照。给他拍的照片，一直定格在我的记忆中。穿牛仔服的阳光男孩靠在一棵树旁，粲然一笑。照片用的是黑白胶卷，然后加棕色镜片冲印，很有老照片的味道。

我在学校成立了一个广播站。他是学校广播站的负责人，负责所有节目的编排和“天气预报”的播报。如今想来，那可能是他最早与广播结下的缘分。常有广播站的同学向我抱怨，说广播内容枯燥、题材少，而我每次都会拿他说事儿，对大家说：“能把最单调、最简洁的内容做好,将来什么事情都能做好。”一语中的。二十年后，端坐在初冬暖阳里，再忆起这句话的时候，我正在为这本新书写序，而他也成为了阿鹏叔。

他毕业那年的夏天，我因为生病，住在医院里。有天傍晚，他和同学一起去看我。在医院长长的走廊里，我的学生朋友们捧着一束鲜花，逆着光线，朝我挥手。那是第一次有人给我送花。记忆有时像拉长焦距的摄影，细节模糊，瞬间却能永远定格。

后来，他分配到铁路沿线的一个信号工区。再后来，我听说，他当工班长了。要知道，在铁路工区，工班长可不是好干的活儿，需要文武兼备、雅俗并举、老少皆服，我常常忐忑地想，刚刚实习转正的他能否胜任。这期间，我们一直保持联系。有时，他也会和我分享工作中的快乐和烦恼，告诉我，他总有一天会离开铁路工区，不是因为做得不好，或者是不能做好，而是因为心中一直有期待。

直到有一天，我得知天津人民广播电台要招聘客座主持人，便打电话给他，建议他来试试。不想，从此电波里便多了一个有些温暖、有点感性的声音。

在中央人民广播电台工作的时候，他曾经到学校找过我，我们一起吃饭聊天，他笑着说：“以前和以后没说的、要说的话已经被我在现在说完了，所以，总有一天我会失语的。”那一刻，我便知道，中央台应该不是他的终点。

有一年，和朋友一起在北京东四的钱粮胡同，看他的“碎拍”手机摄影作品展，惊诧于他对生活细节的捕捉、思考和记录。而我知道，他的记录，才刚刚开始。

后来的“稟悳”，是他的又一份记录。总有一些东西，我们爱之如生命。我看到一句评论，很喜欢：“‘稟悳’是在用声音和生活讲故事。”

我常关注他的行踪，但并不发声。我想，今天的他，应该也是时常走在路上的，在行走，在捕捉……

他依然在记录。

张晓玲
2013 年 11 月
写于天津

序二

微服的大侠

听阿鹏是从《北京不眠夜》开始的。单单是一句“夜晚的声音会发光”，就让我确定，这是个“有脑”的主持人。关于“有脑”，要扯到中学时和同桌女生在一节物理课上达成的重要共识：电台主持人大致可分为“无脑”和“有脑”两类。“无脑”的症状有很多，比如不念稿就不会讲话，一讲话就只会气沉丹田地吟诵，讲笑话一点不好笑，却要点一个哈哈哈的音效……“有脑”的表现，说不上来，主要是感觉，feel。

记忆中大部分“有脑”的电台主持人都住在上世纪 90 年代，那也是我认为的广播黄金年代。2000 年之后，能让我坚持听下去的声音越来越少。而阿鹏那一批的 DJ，就是 90 年代广播情怀的片尾曲。后来，“电台 DJ”基本就成了活动主持，婚礼司仪的代名词。为什么做电台？——因为做不了电视。音乐 DJ？——“下面来听一首好听的歌曲。”

当我还在敲锣打鼓地奔向记忆中的广播时，阿鹏早就意识到了这一点。他在广播之路一路畅通的时候离开中央人民广播电台，原因是“像谈了一场恋爱，最后发现我们要的已经不一样了。”简而言之，“我不快乐”

很多人在时过境迁以后说起当初的辞职经历，都可以轻描淡写得像讲隔壁吴老二家的事儿一样。但就我对阿鹏的了解来说，他在彼时，肯定就没“重”过。

听阿鹏这么多年，再到认识阿鹏这么多年，从未见过他慌乱，从未见过他恼怒，甚至从未见过他加快语速。他像一个微服的贵族，从容、优雅，对人间烟火没有野心，对芸芸众生没有攻击性。所以我不叫他阿鹏叔，我一直叫他大侠。他不是路见不平一声吼、吼完霸气就侧漏的大侠，也不是隐匿在深山禅林任人鱼肉不还手的扫地僧。他清醒却不孤僻，高洁却又保持生活气息。江湖上常说“小隐隐于山、大隐隐于市”，而之于阿鹏，应该是“超隐隐于心”。

听过阿鹏的人都知道他喜欢成都，也就是我家。有一次他去成都，在出租车里录了一段成都电台某位女DJ的声音，作为素材放进了那期叫《麻辣双城》的“桼悳”。后来他发微博问那位女DJ叫什么名字，我一听，是子寒，我是听着她的声音长大的。子寒在播《沧海一声笑》，她说，听到这歌，什么收听率啊什么广告啊都成了GDP，我只想对酒当歌。我在两个人生阶段听的两位DJ，看起来完全没有交会的可能，却通过这样奇妙的方式碰到了。阿鹏身上有一种特成都的气质：慢得下来，沉得下去。他说他喜欢成都倒不是因为慢和懒散，而是那里享受生活的勇气。

写到这儿才发现，到目前为止，我见阿鹏的次数双手都数得过来。最惊悚的是，我连他姓什么都不知道。可是，这一点都不重要。在面对广播里七零八碎的事情时，我会找他商量；在职业选择面前举棋不定时，我会听他的意见。潜在的“危险”越来越多，人们越来越害怕暴露真实的自己。微博上都在讨论国家大事，朋友圈都在转发成功秘笈，但阿鹏却一直在用他写的字、拍的照、说的话，表达着自己。不论这世界多乱多糟，他只是在和生活和平共处。也正因为如此，他才浑身散发着令人信任的气息。

李峙

2014年2月

谨以此书献给我的父母

目录

目录

如面·安然

如面·别过

目录

如面·在外

从前的日色变得慢
车，马，邮件都慢
一生只够爱一个人

——木心

一条遥远的路

很多事情，似乎都发生在我五岁那一年。

那是大地震发生后的第五年，唐山，从一座被夷为平地的废都渐渐有了一丝生气，人们在努力淡忘伤痛的日子里开始重建家园，新城市规划井然有序，似乎能在一片旧伤中踮脚望见一座新城拔地而起。我的外公在一家水泥厂担任总工程师，住单身宿舍，吃单位大食堂，独自一人在唐山生活。

那一年，已经退休的外婆在天津照顾子女，只能赶在偶尔外公返津的周末做上一桌可口的饭菜，待到外公返程之前，再装好几饭盒菜，让他回到单位后还能尽量延长家的味道。

那时的交通还没有那么便利，我猜想外公从单位坐车到火车站，乘火车到天津再换车抵家，单程少说也要六个小时，在没有双休日没有高速路或动车高铁的年代里，连接两座相邻城市的是一条遥远的路。

我没有见过爷爷，家人提起他的几率也不多，据说他闯关东多年之后，携家人从河北来到天津。记忆中，奶奶很瘦，因为脚小走起路来晃晃悠悠，更多时候她总是盘腿坐在床头。外公祖籍在湖北，年轻时曾到日本留学修读建筑。外婆是无锡人，大家闺秀，曾在学校里教书。尽管他们早已从南方迁居至北京，但家中很多生活习惯还是保留了南方的方式，比如对祖父母的称呼就沿用了南方的叫法。我的母亲出生在北京，因为是头胎，当时家人特意请林巧稚医生帮助外婆生产。1964 年，那时还未曾相识的我的父母分别从天津出发去了新疆。直到我五岁的那一年，他们带我从边疆小镇，辗转千里举家返城到了唐山，和外公一起生活。

外公是一个非常严苛的人，这种严格反映在对自己和家人的要求上尤甚。忘记是哪一年了，家里有了一台十四寸的黑白电视机，记得每天晚上新闻前，总会有一段义勇军进行曲的旋律从电视机中飘出来，每到那一刻，外公总是要求我肃立不语，直至旋律结束。幼时的我极为不解，为此好像还与外公争执过。2013 年 10 月去泰国在清迈逛周末市集，人头攒动的小巷子窄窄长长，我手拿一个旅行枕正在问价，忽然察觉漂亮的老板娘肃立不语，面朝远方，再暗自打量周边人，也同样不语而立，侧耳远方正飘来一段旋律，我立刻反应过来那应该是泰国的国歌。那一刻，在那个熙攘的市集上，我想起了很多，说不出这行为是一份热爱、敬仰还是习惯，只是待我懂得那年的外公，已过了三十年。

对于如我一样在上世纪 70 年代出生的人，大多是在随父辈走南闯北中长大的，学校里的同龄人也大多如此，面对操着各种口音的同学，好像任何一种乡音都不会显得突兀。一种腔调背后不一定是一片祖祖辈辈休养生息的土地，但一定是一段记忆，一段长时间的生活记忆，就像普通话字正腔圆的我的母亲，和迁居异地很多年乡音难改的我的父亲。离开新疆之后，我在唐山长大，偶尔去天津看望一众亲友，而熟练掌握普通话、唐山话和天津话的我，依然很难找到那种传说中的归属感。

从家坐公车到火车站，再坐火车到天津，再坐车到家，这一条当年外公经常往返的归家之路，在成长的记忆中走过无数次。每逢年节，父母会带着我，拎着大包小包去天津看望外公外婆和我的奶奶，而这一条路，也越走越短。十六岁后的几乎每个周末，我都要独自走一遍这条路。印象中从家到火车站要坐一小时四十分钟的公共汽车，如果时间比较紧张，可以坐小巴车五十分钟左右到达，多数情况下这取决于售票员每站揽客的时间长短。那一条路上的每一个停靠站，当年我都如数家珍，像是闯关游戏一样，一关关前进。

一般是周日中午，母亲会把做好的菜分成两份，一份装在一个大号的铝饭盒里，另一份盛到盘子里放在餐桌上。铝制饭盒家里有好几个，上面刻着商标。平日里，父母会带好一盒菜，再用一个空饭盒装上米，到单位洗米、放水，然后在饭盒上系上代表自己颜色的绳子，将饭盒放进单位锅炉房旁边的大蒸柜，到中午带块毛巾，把蒸好的一满盒米饭拿走。有时候为了多带一些好吃的，母亲还会再加一个中号饭盒，上面有一个“尽”字，那是外婆的名字。待到饭菜温热，饭盒没有那么烫手的时候，父亲会把两到三个塑料袋一层层套在饭盒外面，然后系牢固，以免菜汤洒落，再装到书包里。

不是每个周末都会有这样的场景，但每次回家的时候一定会是这样的告别流程，没有人制定，但每个人都会按照这个流程执行。吃完午饭，母亲会用最快的速度收拾好厨房，这个时间父亲带着打气筒去楼下检查自行车的前后胎是否气量充足。最后检查一遍是否有什么需要带的东西还没有被放在包里，收录机里传出电台午间的点歌节目，有人打进热线说，你好，主持人，是我吗？真的是我吗？

蓝色行李包被父亲放在那辆绿色飞鸽二八自行车的后架上，父亲推车走在前面，母亲跟在后面。从小区到车站这一路上，父母会和遇见的各种同事、邻里打招呼，好！是啊，送他去车站，回学校。我不说话，微笑、点头，算是礼貌的应答。

面对火车站右手，有一个庞杂的货运区域，其间的一条小路可以绕过安检直达火车站台。在到达站台前的拐弯处，常聚集着学校里不同班级的同学，大家心照不宣地在火车出发前想办法混进上车的人群里，然后分散到不同的车厢中。尽管这些十六七岁的伎俩过于幼稚，但这似乎成为回忆中扮演成熟的唯一乐趣。当然，每个人的方法各不相同，有长相老成的同学，会穿着家长的铁路制服，拿一个破烂的黑皮包，假扮通勤职工；也有拉帮结伙的同学，完全不会心虚胆战，反而大大方方有说有笑地进站上车，因为他们知道越放松自然越不容易引起注意；当然，也一定有有备而来的同学，手拿一张站台票，假装进站送人，骗过乘务员上了车。这是周末返校最刺激的挑战。如果幸运，这一路不会有任何人过来查票，若被查到就乖乖地补一张票，并可怜兮兮地说，自己是刚刚那一站才上来的，以免被补一张全程票。经过经验积累和信息共享，一般看到某个列车员或者列车长，就会知道这趟车会是什么情况。再乖的孩子，也会心存侥幸，宁愿逃票省些吃小炒的餐费，也不会每周自掏腰包往返学校。两个小时后，列车抵达终点站，天津。

下车不出站，走过长长的地下通道，直接坐上另一趟慢车，慢车会在半小时后发车。放心，不会有任何人以任何方式查票，所以你可以看到大家放松地卸去伪装，开始聊天、打牌、吃饭、逗趣……慢慢的，一整列车厢，汇集了不同方向、不同口音、不同年龄，不同性别及样貌的人。车开动，十五分钟后抵达车站，129 公里。这是天津近郊一个貌似无人看守的火车小站，步行五分钟，进入校门，人群退潮一般即刻消失在不同的宿舍房间里。这是十六岁后的几乎每个周末，我都要独自走一遍的路。

2014 年春节，老同学开车接我参加聚会，我又一次走了这条很久没有走过的路，路边的农田大多变成了别墅或者公寓楼，当年坑洼不平的土路也变成了城市迎宾大道，似乎摇晃着昏睡在路上的时光，谈笑间就可以抵达了。熟悉的都已陌生，就像飞驰的年代里，我已无处寻觅那小小的站台，和站台上渺小的自己。就像每一座城市都曾是异乡，每一个异乡都将亲如故乡。

有一种感情
很浓
掏心掏肺 声嘶力竭
舞台的肢体 戏剧的对白
看者若观海
层叠之间 波涛汹涌

有一种感情
很淡
不闻不问 甚至不管不顾
冷漠的眼神 沉默的对白
死水微澜
都比其壮观百倍

时间会带我们去

一

曼谷至西安的航班终于开始登机了，在廊曼机场等候多时的乘客们正恋恋不舍又归心似箭地依次排队通过检票口，大多数中国游客对这个亚热带旅游国家充满了好感，他们在这里大口呼吸、大胆暴晒、大肆消费，摆足了中国人现如今生活不错的架势，几个拎着大小购物袋的女人正急火火地从免税店结款台往登机口赶来，满载而归的霸气丝毫不输往返于深港两岸的职业水客。

选择在泰国度过新年后的第一个假期，让人感觉到了一种物超所值的放松，一周的时间都用来在安静清幽的小镇里闲逛，每天所有和工作甚至情感相关的琐碎，居然可以在另一种温度和湿度的环境中被完全稀释，甚至溶解得毫无影踪。万万没有想到的是，越是放松人越容易沉浸在往事中，那些曾经交集于年少时的故人，像是一个个老家具上的漆痕，时间愈久印记愈淡，最后只剩下一个近乎陌生的名字。休假结束，本应该直接返回北京，却因为廉价机票的诱惑，让我果断改道直飞西安。

等几个肥鹅般的血拼女匆匆上了飞机，最后几个乘客才不急不缓地从座位上站起来，我穿着人字拖不慌不忙地和他们一起通过检票口上了飞机。进舱找到座位坐下，把随身携带的护照包转到胸前，调整了一下座位上方的空调档位，然后找空姐要了条毛毯搭在身上，准备小眯一会儿。座位后舱有两拨女乘客正隔空喊话，她们操着道地的陕西话在讨论汇率，并算出刚刚购物的价格与国内价格的相差额，最终得出“今天赚大了”的结论。闭着眼睛，听到这些此起彼伏的讨价还价，不知道为什么，我不但没有反感竟然在心底生出一丝亲切。睁开眼，在胸前的小包里翻出手机，在通讯录中上下划动着，最终我的手指定格在“关娜”的名字上，停了几秒钟，发了条短信：明天一起午饭，鹏。然后关机，戴上了眼罩，进入一片无光的世界。

二

大港去吗？二百，走不走？行！快点就行！从天津站出来，我在路边挑了辆面的，直奔大港。时间紧迫，我需要以最快的速度赶到油田酒店，不然很可能会错过李纯的婚礼。在车上看了一下时间，上午十点刚过，算了算应该没问题。说来很奇怪，天津的婚礼都是下午吃酒席，为什么偏偏郊区就要和其他北方的城市一样中午办婚礼？害得我一大早就从北京赶过来。算起来这还是第一次去大港，在天津读书和工作这么多年，好像李纯也从来没有邀请过。虽然在学校时四个人那么要好，但关于李纯的家庭背景，我却知之甚少，只是知道他是油田子弟，母亲在油田小学当老师。

黄色大发在天津市区七拐八拐之后终于驶入一段宽敞顺畅的道路，两旁的建筑变得稀疏起来。周六结婚请务必到场。几天前，手机里突然冒出一个陌生号码发来的短信，您是？李纯！想了想，上一次见到李纯应该是差不多四年前的一个夜里。那天我刚刚下了电台的直播节目，正要骑车回家，接到李纯的电话，说刚好来市区办事儿，想见见。我约他就近在师大西门的韩国烧烤摊儿吃肉串、喝啤酒。还是你好啊，跳出来了！不像我每天下班就是打台球、喝酒、打架，这辈子估计要死在铁路了！听李纯这么说，心里特别不是滋味，我喝了口酒说，李纯，能不能不放弃你自己？你想做什么没人拦着你！

那一年，日剧《东京爱情故事》正在热播，李纯、刘犁、关娜和我，四个人从不同的地方考进同一所铁路学校，学校在天津近郊，平时大家没什么娱乐活动，于是每个人的想象力都不断被激发着。差不多每天早晨，我会在学校广播站放 Beyond 的《大地》，把音量调到最大声，算是给大家吹的起床号；李纯最爱在校报上写诗，把自己想象成徐志摩“沉淀着彩虹似的梦”；刘犁和关娜不喜欢这些太过文艺的腔调，他俩一个是拈花惹草让学校的女生们爱恨不能的三上健一，一个是活力无限每天在学校体育队里摸爬滚打的小鹿纯子。

那时候，可真美好啊！尽管在当时的认知里，被圈在一个与世隔绝的地方过着僧侣般的围城生活，是对青春的践踏和人性的折磨，但有时候躺在宿舍上铺的被窝里，我也常想，到底愿意过什么样的生活？被逼上学海断崖的高考生？还是在广东小工厂里没日没夜加班的流水线工人？自己对人生的设定是什么？父母替我的规划又是怎样的？到底是谁在操控着生活？

他们三个人都是父母单位在铁路学校的委培生，所以毕业那年，大家也就顺理成章都回了原籍就业。李纯在油田铁路做行车工人，刘犁回了唐山在矿务局铁路做信号工，关娜回了陕西的地方铁路。我不是世袭子弟，和铁路非亲非故，在家附近的小火车站煎熬了几年，最后还是不顾家里人的反对，坚持停薪留职到了天津。虽然读书的时候几个人不在同一个班，但凑在一块儿特别聊得来，这个不具任何交集的小团体一直被外界加以各种猜测和评论，而其他人又很难被接纳成为团队的一份子，以致得出四个人关系错综复杂的传言。就在这样的关系之下毕业，从离校那一刻要酷地不告而别到各自想念的写信忆当年，再到后来渐行渐远各自疏离，好像一切都变成了一种自然而然。想到这儿，心里更是难受，我拿起桌上的杯子和李纯碰了一下，什么也没说，一饮而尽。

那天晚上李纯没少喝，回去的路上扶着这个一米八几的大个子走得特别费劲。别人不联系你，那是他们自卑！你不在铁路了，你还是我哥！是不是？！舌头都喝短了的李纯一边大声说着酒话，一边深一脚浅一脚地往回走，他俩不联系你就是不对！多少年了也不见见！我没有说话，但心里很清楚，人和人往往就是如此，心里一点儿微妙的变化时间长了就会形成一种说不出口的习惯，这习惯慢慢会把本就天各一方的人之间那点残存的情感吞噬殆尽。

转天醒来已近中午，头疼欲裂，看看李纯已经不知踪影，留了张字条：哥，最近我出了点状况，不过应该会很快就解决了，放心。李纯。

面的一路狂奔，视野里开始出现一个个巨型的“磕头机”，远远看上去像是广漠大地上的玩具，特别不真实。十一点三十分，出租车最终停在了油田酒店的大门口，远远看过去大堂前的地面上满是鞭炮的红色碎屑。结完车费，我匆匆往酒店里走，迎面在大堂门口撞见一张很熟悉的脸，好像是李纯他们班的某个人，却始终想不起那人的名字。按照指引牌上的方向一路找进去，在最后一个牌子上看到了李纯和新娘的婚纱照，李纯高大帅气酷劲十足，新娘小鸟依人娇羞如花。

站在摆满酒席的宴会大厅门口，目光穿越一桌桌形态各异的宾客，看到典礼台上一个上了年纪的女人正在发言，没说几句就哽咽了，李纯从旁边走过来，用手拥住了她，自己拿手绢擦了擦眼睛。远远看过去，他变化不大，西装笔挺还蛮精神的，只是好像没了当年的锐气，或许是因为胖了些，整个人显得温和多了，头发有些长，都快把一只眼睛挡住了。在层层叠叠的酒席之间，我不停地寻找、辨认着一张张喜庆中的脸，没有关娜，也没有刘犁。

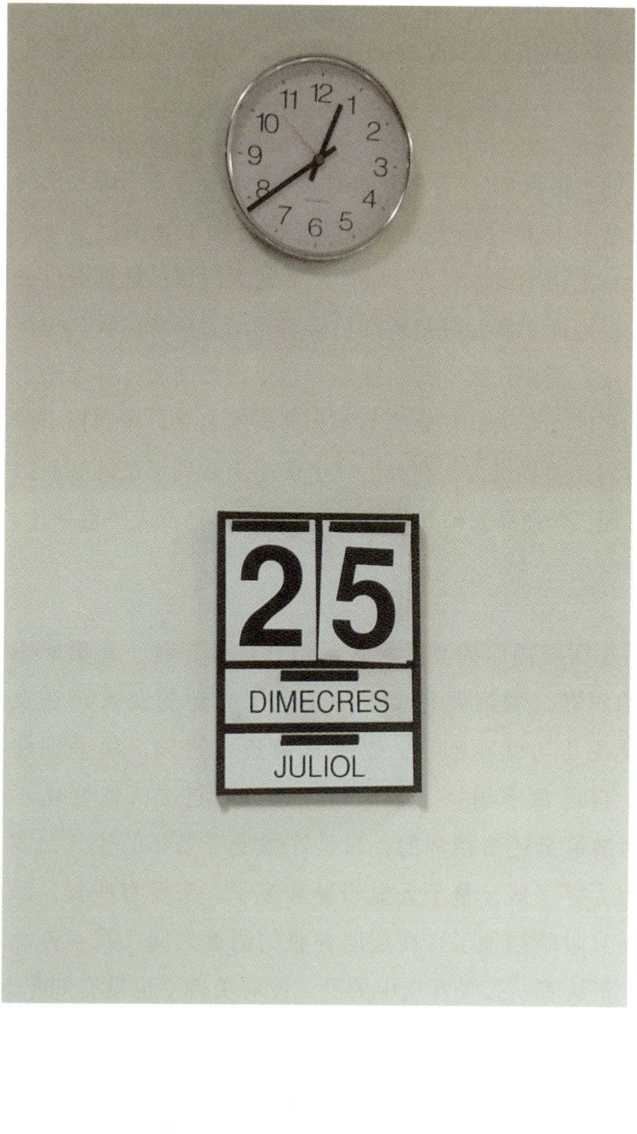
25
DIMECRES
JULIOL

一直等到一套套繁杂的典礼流程结束之后，我给李纯发了一条短信：我到了，大堂等你。不知道为什么，面对一张张陌生的脸我竟然特别不自在，像是误进了一场完全陌生的婚礼，格格不入又惴惴不安。“怎么不进去坐啊？”李纯一边说一边从老远走过来。就来看看你，今天台里还有其他活动还得赶回去。大堂里人不多，我把李纯拉到一边，把准备好的红包塞进李纯口袋里。

我，我都没时间好好陪你。李纯一边说话一边用手绢擦了擦眼睛。盯着近在咫尺的李纯，这个眼前的人和当年那个读诗写诗的人相似度究竟有多少呢？“你怎么了？这两天为了婚礼的事情忙坏了吧？为什么一直擦眼睛？”李纯低下头，又用手绢擦了擦眼睛，我突然觉得哪里不对，用手轻轻拨开李纯前额的头发。“本来没想告诉你，上次见你是因为和油田的几个小混混喝酒之后打架跑路了，后来从你那儿回来还是没躲过去，被人报复捅瞎了一只。”李纯言语中没有半点情绪，脸上没有一丝痛苦的表情，像是在说别人的故事，可这些话落下来字字扎在我的心上，精准又极具爆发力。我抱住李纯，心里疼极了却喊不出声，脑海里却一片空白，有说不出的难过。宴会大厅里喜意盎然，宾客举杯，碰杯寒暄声穿过长长的走廊一直飘到大堂，大堂的水晶灯下，两个抱在一起的成年人无声地哭着，在他们毕业后的第六年。

三

机舱的空气中弥漫着简餐的香味，乘客们正在享用此程中的免费飞机餐，其中有一个特色肉夹馍，我却没一点胃口也不想摘下眼罩，任由自己徘徊在梦与醒的两极时空中，在无法沉睡的回忆里继续翻腾。

记得毕业情景异常混乱，很多人喝醉了，很多人把书本撕碎丢到楼下，很多人像是在监狱里被禁闭太久，终于等到这一个出狱日一般，头也不回地逃离了学校，接着死心塌地断了联系，奔去原本的生活里营造另一个自己，或许是原来的自己。“各自曲折，让原来的归原来，往后的归往后”，突然想到了这首歌，只是那个夏天没有人唱着这样的歌。自己又何尝不是其中的一员呢，头也不回地走了，只有奔离的惬意。

二楼，向西的窗口。对面百米之外是一个硕大的烟囱，冒着徐徐白烟，这是北方冬天天空中惯有的灰霾。天色正一点点暗下去，在目所能及的尽头有最后一丝夕阳正在垂死挣扎。我裹了裹大衣领，面无表情地站在楼道尽头的窗边一个垃圾桶旁边闷头抽烟，风凉丝丝地顺着破了的窗户挤进来，把烟混入空气中消毒水的味道里。不远处的长凳上瘫坐着一个女人，看上去双眼空洞，面色惨白，嘴唇发青，头发有点乱，一言不发，似乎刚刚经历了一场生死离别。

电话响的时候我正在台里录节目，本来可以很顺畅录完的一期电影回顾，不知道什么原因磕磕绊绊录了一上午，一直无法进入状态，心神不宁，已至中午都还没结束。忽然抬头，看到助手在隔音窗的那边使劲儿向我晃了晃手机，走出录音室，看到手机上显示了一连串唐山的陌生号码，都是同一个电话，已经打了好几通了。回拨过去，电话那端一个陌生的女子还没说话已经泣不成声，刘犁出事儿了，他说想见你。

刘犁不算是一个性格外向的人，更算不上能言善道，就是不知道哪儿来的魅力，搞得当初学校里那么多不同年级的女生对瘦瘦高高的他偏爱有加，害得当年刘犁隔三差五就跑来向我咨询情感问题，以至我不厌其烦地告诫他，别把自己太当回事了，好吗？当年《东爱》热播，学校里好多人都看，也确实有好多人说刘犁和三上健一很像。为此，刘犁当年还得寸进尺地留起了长发，虽然不及三分之一个健一的气质，但确实在学校里引来了颇高的回头率，几乎匹敌了当年关娜在校园里的关注度。

关娜是另一种无人能敌的气势，赢在她也完全不知道自己引人关注这回事儿。每当她经过篮球场，男生宿舍的窗口就站满了看她的人，可关娜神经大条外加近视，完全无法留意到那些眼睛的存在，所以她的气质成为一种传奇，被人奉为女神却始终自我陶醉在自己的世界里，只有一种情况除外，就是和李纯、刘犁和我在一起的时候。外人看来，我们是兄弟、是姐妹、是情侣、是朋友，是很多种可能存在抑或什么都没有的关系。

一路跑到电台大院的停车场，坐在车里我的心还在怦怦地剧烈跳动，定了定神，心里默念着不能慌，不能慌，然后开车驶出电台大院。唐山离北京算不上远，刘犁所在的区县离唐山市区还有二十多公里，和我当初生活的地方与市区呈三角形状，如果路况顺畅估计三个小时就能开到。北方的冬天，雾霾是家常便饭，还好中午时分已然拨云见日。行驶在高速路上，我脑海中不断闪过刘犁十年前的样子，帅气又有一丝腼腆和不羁。

刘犁家是普通工薪阶层，上学时每个月家里给的生活费本来就少，再加上他不懂合理分配，总是吃了上顿没下顿的。不过刘犁这样的情况当时在学校大有人在，像他这样老实又好面子的人，只能少吃几顿或者干脆吃馒头就咸菜度日。有些脸皮厚的学长，直接拿把勺子站在食堂门口，出来一个救济一勺，基本有一会也就吃饱了。印象中，刘犁当年可能就是因此瘦成了一道闪电。

开车赶到小城医院时已过下午三点，电话中的那个陌生女子是刘犁的妻子，一直在医院楼下等我。一个普通的北方女子，瘦小、两眼红肿，面色惨白，像是在外面站了很久了，看见我还没说话眼泪就稀里哗啦地掉下来了。

重症监护室的门紧闭着，门口的楼道里站了十几个人，默不作声，眉头紧锁，大多穿着铁路的制服棉袄。我看到一些似曾相识又难以辨认的脸，那应该是当年的校友们，但十年未见真的已经形如陌路了。张了张嘴巴，可什么都说不出来。我走到走廊尽头的窗户旁边，默默点起了一支烟。

刘犁毕业第二年就结婚了，女朋友是母亲单位的小同事。起初他在铁路的工作专业对口也很清闲，每天按时上下班，下班和妻子逛逛街、看看电影，日子过得很轻松。后来单位工种调换，把他换去了行车组，需要三班倒。起初刘犁不想去，后来想想虽然会累一些，但毕竟工资高了，也就同意了。

结婚第三年，刘犁有了一个儿子，一家人都特别高兴，特别是刘犁的父母，都觉得退休的日子因为这个孙子的到来而变得没那么枯燥了。当一切都步向正轨的时候，刘犁父亲查出了癌症，起初家人一直瞒着老人，他和妻子两人一边上班一边照顾老人和孩子，也就是那一年开始，刘犁突然觉得自己的青春结束了。

四

毕业第六年，李纯结婚，刘犁挣扎了很久还是没有去，那段时间父亲病重，自己除了上班所有的时间和精力都放在了老人和孩子身上。父亲去世后，刘犁一直无法从这个事实中走出来，虽然每天还是按部就班地工作，但下班后经常自己在家喝闷酒，有什么事情也不想和家人说。妻子看着他这样子很难受，却一直找不到一个合适的机会和他聊聊。其实，刘犁有几次很想给当年的老朋友打个电话，但最终还是没有拨出任何一个号码。

前天的夜里，刘犁在单位值夜班。凌晨时分，他去两节货车车厢之间摘挂钩，夜班司机听错了指令操作失误启动了车辆，导致他被两节货车活生生夹在了中间，当场就不行了，幸亏冬天穿着棉袄给挡了一下，不然肯定一命难保。送到医院直接被推进了重症监护室抢救，紧急手术之后观察了一天，算是死里逃生了。家人原本打算这两天可以从 ICU 转到普通病房，结果下午已经缝合的伤口又爆裂开来，刘犁被再次推进了重症监护室抢救。

这一切，都发生得太快了。刘犁的妻子边说边哭，说到最后已然气力全无。这是我们离开学校的第十年，我在心里默默算了一下，但又有点不太相信这个事实，我和刘犁已经整整分别了十年，并且十年中没有任何有意或无意的重逢，也就是说，我真的已经和刘犁在各自的人生轨迹中活成了另一个自己。

除夕夜的鞭炮声从城东一直传到城西，一场雪刚过，城市在安静中显现出别致的年味儿。母亲从下午就开始在家里忙活，烧菜蒸饭还包了三鲜馅的饺子。饺子刚出锅还热腾腾的时候，母亲就一只只夹到大号饭盒里，然后仔细地放到一个保温袋中，叮嘱我赶紧趁热给刘犁送到医院去。转院后的刘犁，住在市区中心一家大型医院的单人病房里，身体也渐渐从术后的虚弱中恢复了过来。

医院的楼道清静无人，欢闹被隔绝在世界的另一边，更多了一份冷清，能在这个时间出院回家的人，谁会在医院的病床上守岁呢。拎着保温包，我站在医院大厅跺了跺脚上的雪，径直走到三楼病房门口，透过门上的玻璃窗往里看了看。

刘犁正半靠在病床上看电视，电视机声音很小，窗外的鞭炮声响起的时候，电视就回到了默片时代。刘犁的妻子在旁边的沙发上睡着了，身上盖着一件鲜艳的红色羽绒服。

轻轻推门，我冲刘犁摇了摇头，示意他不要叫醒劳累的妻子，然后蹑手蹑脚地走到病床旁，慢慢地打开保温包拿出饭盒，满满一盒饺子还冒着热气儿。调好的蘸料，倒在饭盒盖儿上，我夹起一只饺子，蘸了一下料，慢慢送到刘犁嘴边。两个人，不说话，电视里主持人正字正腔圆地说着新年祝语，阖家欢乐、万事如意、财源广进、身体健康……我突然觉得，在这个大难不死的春节，活着就胜过了一切。

五

西安太冷了吧！旁边座位上乘客的感叹把我从回忆的睡梦中拉醒，耳边的广播里正在报告飞机降落后的地面温度。摘下眼罩，调直座椅，将毯子叠好，我看了看时间，临近晚上十点。

走下飞机，一股寒意迎面而来，没想到竟然有一种被上帝从喧嚣的天堂一脚踹进了一座冰冷的千年古堡的感觉。等了很久，才看到自己的蓝色行李箱缓缓从传送带上被运送过来，拿完行李，我迫不及待地从箱子里翻出一件羽绒服，迅速穿在身上，又翻出一双厚厚的毛线五指袜套在脚上，停了一会才感觉到一点点暖意，随后穿着人字拖心满意足地晃晃悠悠走出了机场。

下着小雨的古都西安弥漫着一份潮湿的书卷气，这是我第一次来到这座城市。坐在机场大巴中，行驶在别人的城市里，才想起手机一直还未开机。这是与关娜分别后的第十五年，脑内存中尚未删除那个十七岁女生的种种，如今她是谁人妻谁人母我一无所知，甚至也从未想去猜测或者打探，似乎在等待一个静静的重逢。我打开手机，里面跳出若干条短信，其中有一条是关娜发来的：明天中午十二点，鼓楼见。

古都中心的位置上有一条很有特色的回民街，雾气散去雨未停，在路边招手拦了一辆三轮电瓶车，我坐在里面在回民街上一路穿行，经过一家家勾人味蕾的店铺和街上川流不息的人群，朝鼓楼驶去。时间不知不觉地流逝着，带着我们去向最好的地方。远远的街的尽头，一个女子打着伞正站在鼓楼前。

一个人的十年是一个人的改变轨迹
如何挣扎在职场习惯里
如何纠结在现实和理想间
如何辛苦地寻找自己和小心翼翼地保护自己
当你成为一个
旁观者
从别人的变化中
看到自己的时候
你就会知道
在同一个时间节点
在同一个城市驿站
你们竟然是如此相似
却又如此不同
这
就是世界

旁观者

凤凰城，应该是唐山众多别名当中最为文艺的一个了，意在说地震的劫难之后这个城市大难不死，浴火重生。市中心是抗震纪念碑广场，小时候的每个春天学校都会组织来这里。广场对面是非常有名的商业区，其实所谓的商业区，起初不过是因为全市最大的百货公司坐落在这里，而这座地标性质强烈的楼宇也就顺理成章地被命名为百货大楼，这里对于凤凰城的很多人来说就是时尚和高端的代名词。

有一条小路隐蔽在大楼后面住宅小区浓密的树荫里，每逢周末会有一些人带着自己积攒的邮品出现在这里，他们有的来寻找心仪的邮票，有的以票会友，有的就是来闲逛或者找一个角落坐会儿、晒晒太阳、凑凑热闹。这群人当中有一个中年人，头发稀疏、眼袋低垂、眼眶微黑，身材臃肿，因为不修边幅的外表，他比同龄人看上去都要显老一些。他，就是老李。老李总是在几乎固定的时间，带着一个墨绿色的小马扎缓缓而来，然后坐在一个固定的位置上，把自己的邮品翻到某一页，再摊开来，然后摆在铺好的布上。大多数时间里，他戴着老花镜自己静静地看书，偶有人驻足他也不闻不问，甚至连眼皮都不愿抬一下。树影斑驳，阳光甚好，城中小路闹中取静。老李也习惯了这样的气和心平和旁若无人，这是他每周最好的放松时间。

到这个周末自发邮市上来摆摊儿，不过是老李的一份“兼职”，平日里他在附近一个郊县的铁路小站上班。每天一早，坐班车近一小时抵达小站，傍晚下班再坐班车回到城市中的家，一周五天周而复始。当老李还是小李时，他的同龄人都对他羡慕不已，因为铁路工人绝对是挤破头职业排行榜排前三甲的工作，而对他来说，这工作只是意味着一份稳定的收入，不但保证了三口之家的大部分支出，也能满足他集邮的个人爱好。一晃就是三十年，他已从工友口中的小李、大李变成了现在的李师傅、老李或者老李头儿，当然因为他的兴趣爱好，也有工友叫他老邮迷，对于这些不过是代号的称呼，老李一般都是默然应之。

说到老李每天的具体工作，其实是在一个开放式的铁路工厂里检修火车车头当中的一些信号设备。在庞杂的铁路系统里，局外人根本搞不清楚他这份工作是在车务段还是属于供电段，其实他归属于电务段管理却在机务段的大院儿里上班，在专业分工里他们这个班组叫机车信号。不过，在别人看来他和铁轨边搬道岔的工人没什么两样，都是在铁路工作的人，是铁路工。

老李每天真实的生活坦白说应该是这样的，早晨七点半班车到达终点站机务段，他拎着自己的黑色通勤包，步行十分钟走到工区。包里一般放着当天的中午饭或者一些半成品食材，大多是头天晚上老伴儿做好拨出来的，有时会是些剩饭。八点老李已经泡好了一茶缸子浓茶，一边看自己带来的报纸一边听工友们在旁边闲聊。话题一般会从头天晚上的电视观后感开始，家长里短的剧集、各类体育赛事，甚至国内国际格局一应俱全，最后万变不离其宗总是会以女人作为从各抒己见到口径一致的收尾。老李很少参与讨论，偶尔会一边吹开茶缸子表面浮着的碎茶叶沫儿喝口茶，一边眼皮也不抬地丢一句：“扯他妈淡！”

上午十点左右，老李会和工友们换上油腻腻的工作服，像模像样地拿着各式工具、仪表去各个停放火车头的大库车间里巡视一番，大库足有十几米高，方便车头进出。若有需要检修的设备就用一辆小独轮车推回工区，送到检修组。一辆辆火车头从附近的小站驶回机务段，内燃和电力车头中混杂着即将淘汰的老式蒸汽机车，一根根蔓延的铁轨像就是章鱼的爪，分散开来又聚拢而去。

中午十二点之前，工区里基本就能闻到饭菜的香味了，那是老李在小北屋用电炉子准备他的午饭呢，他才不管工区主任在不在，到点开饭，非常准时。午休时间留在工区的老几位一般会一起喝点儿，有时啤酒有时白酒，要看当天有什么下酒菜再决定，吃饱喝足再吹胡子瞪眼地打会儿牌。老李也会和大家一起大呼小叫地玩两局，然后眯上一觉。下午三点，睡醒一觉，酒劲已过，去澡堂子泡个澡，洗洗衣服，溜达回工区等着下班坐班车回家。偶尔也会很忙，忙到中午一两点甚至两三点才能完事儿，这时老李就会嘟嘟囔囔地对技术员老赵说："这活儿真他娘没法干了！这么晚去食堂还能吃着个啥啊？赶紧操持操持外面小馆搓起来吧！"

这年秋天，工区分来几个年轻人，大多是中专或技校毕业分配来的十八九的学生。兴旺、震平和振丽三个中专生分去了隔壁的检修组，技校毕业的小任分到了老李所在的库检组。新来的这个孩子不太爱说话，你问他就答，不问就不说，从不多讲半句话。每天早上工区“开早会”，老李在办公桌这边喝茶看报纸，新人小任就在对面靠墙的长条凳边低头看书，班组其他人在中间围坐兴致勃勃地抽烟，扯淡。

老李觉得这孩子有点意思，怎么看都不像是个铁路工，他给自己在段里的内线打电话扫听了一下，小任没啥背景，也不是铁路世袭子弟，就是毕业服从分配来的，特别纯粹的一张白纸。有时班组没什么活儿，午饭酒后打牌会一直持续到下午，他们就让小任搬个凳子在门口看他那几本成人高考的补习书，听见任何风吹草动赶紧向屋里通风报信。

新来的两个女孩常常轮流躲在北屋打电话，一聊就很久，后来知道她们相好的都在别的城市，毕业成为他们校园恋情最大的挑战。兴旺投入工作状态最迅速，抽烟、喝酒、打牌、扯淡样样在行，当然检修技术也不错，听说上学的时候还是个尖子生，年年拿奖学金的那种。只不过这孩子时不时就把自己喝大了，磕碰得鼻青脸肿，还到处拉着别人痛说革命家史，目光呆滞、喜怒无常、哭诉无度，一说就几个小时，虽然有时候对面只是一把空椅子。所以后来大家给兴旺也来了一个绰号，刘半杯，意思是他喝酒半杯正好，一杯准多。几次集体公款吃喝，老李和工友也试图培养过小任的酒量，从啤酒到白酒，最后都开始培养色酒了，但这孩子实在是朽木难雕，喝一口就跟别人喝了一斤似的。

下午觉之后，泡在偌大个澡堂子的热水池里，老李常有那么一刻的恍惚，仿佛自己就在这群新来的年轻人中，仿佛时间轮回在眼前袅袅的水蒸气里，升腾、变化成为水珠凝结在房顶，排列、聚集在某个瞬间冲过重重温热的蒸汽坠落在他肩上，凉飕飕的，让人重回现实。

四个新人进工区的第二年，震平和振丽成为检修组的主力检测员，兴旺升为工区主任办公室助理工程师，成为老赵的副手，小任提升为库检组工长。大家喊着让小任请客吃饭，因为属他提拔力度最大，但小任心里明镜儿似的，在老人众多的库检组，老哥儿几个谁也不服谁，虽然大家都盯着工长这把椅子，但最后定了他当工长，纯属上面为平衡关系而使出的权宜之计，再说这个工长之职于他而言也完全不是个人发展方向，他一心想着能上个大学逃离铁路，即使是个成人大学。

小任他外公的外公据说当年是个实业教育家，有过自己的铁路公司还投资做过教育；他叔叔当年上山下乡时去了内蒙，在铁路小站从扳道工开始干起，退休时已经是执掌全段的领导。这些可能是使劲捯能理出来的小任家族和铁路的关系史了，可这些都不是他进铁路的真正原因。小任

是家里的次子，从小还算听话，是那种标准的老师爱、同学恨的三好学生，从一年级当班长到小学毕业，上了初中做团支部书记三年。一切的转折点都发生在初中毕业的那个夏天，小任他爹帮他填报了所有志愿，结果这孩子离第一志愿就差几分，狠狠地掉到了最后一个志愿，一所铁路技校，成绩高出录取线一百多。那是一个花钱送礼走后门、改志愿换学校都会让人脸红心跳感觉人生触底的年代，小任一家也就默默接受了这个自我束缚下的现实。

刚被分到机务段大院儿上班的那个秋天，小任当年的同学们正纷纷开始全新的大学生活，就连当时班里学习不怎么样的人都进了凤凰城的大学。当年和他成绩差不多的同学，有的到了北京，有的去了南方的城市读书。小任每天七点半到工区，捧着一本厚厚的辅导教材，坐在库检组靠墙的长条凳边上低头看书，耳朵里是工友们好像卧谈会一样的山南海北，心里是他从未踏进过的大学校园。晚上下班，骑车回家会路过一个他小学时经常放风筝的山坡，他就坐在那儿一直看太阳落山，天黑了再回家。

这样看起来，小任确实不像个铁路工人，手上没有老茧，没有厚实的肩，没有一件脏得有范儿的工作服。偶尔工区去车站帮工挖个电缆沟，别人一会就挖出很远的一道沟，他却像个愚公移山的蚂蚁，连个路基刨着都费劲。小任也想过要改变，变得和周围的人一样，变得和过去的自己没有半点关系。当上工长的那年秋天，小任所在的电务段放出几个铁路系统内部参加成人高考去天津半工半读的名额，很多和小任一批进段的年轻人都跃跃欲试，唯独他想都没想，不是因为他没把握，是他心里很清楚在这张庞大的关系网里他一无所有。

有天下午，工区就老李和小任两个人在看书读报，其他人都在小北屋“厮杀”。老李问小任：“你天天捧着本书在那儿看，段里放名额你咋不报啊？”小任看了看老李，第一次可能也是唯一一次认真地看着老李的眼睛说：“老李师傅，你怎么比我还天真啊？领导肯定会选那些准备提干的潜力股进津赶考的啊，我有入围资格吗？”这个反问让老李感觉到眼前这个年轻人一瞬间的成熟，他拿起手中的报纸耷拉下眼皮，似乎是自言自语地说“估计给你名额你也考不上啊”，小任没回复老李，反而一转身径直走出工区。老李只听见楼道里有个声音说，“有本事你让我去啊！”

转年春天，小任和一众电务段的潜力股出现在了全国成人高考铁路系统的考场内，似乎所有人都有点好奇小任这张纯白纸是如何做到平步青云的，第一年“晋升”，第二年“赶考”，照此发展下去此人前途不可限量。其实小任自己也不是特别清楚他是如何力排众议、力压群雄顺利入围资格赛的，只是隐约觉得这份幸运的降临多多少少和那个下午与老李在工区的谈话有关。

一年后的一天，老李和往常一样，坐班车、沏浓茶、看报纸、做午饭。中午全库检组的人都挤在了小北屋一张破写字台的边上，还有检修组的几个姑娘，桌子上随便铺了点报纸，报纸上有老李带的菜，有震平、振丽从食堂打回来的菜，其他人也都把自己的饭菜摆在了桌上，兴旺骑摩托车去东门外的小卖铺买回来了两箱啤酒。

老李一口口喝酒也不抬眼，大家说干杯他就跟着干，完全不像以往推推让让的矫情劲儿，兴旺拉着小任语重心长地追忆这三年的往昔，几乎滴酒不沾的震平和振丽在一旁梨花带雨地喝，还有老赵、大刘、王师傅……那天的酒，一直喝到了下午四点多，误了老李的午觉也误了他雷打不动的泡澡时间。大家站在工区楼外送小任的时候，老李根本就没有出门，他听见兴旺在门外半开玩笑半认真地大喊：“写信啊！来电话啊！别变成大学生就不理我们了啊！”小任在半工半读的第二年，向单位申请了停薪留职，他没有像所有人想象的那样，晋升、赶考、毕业、提干，一路飙红高升，这可能是所有人都没有想到的。那个下午老李一直在小北屋仔细地收拾满桌满地的狼藉，极为缓慢地打扫着、擦拭着，险些误了回家的班车。

凤凰城最中心的位置终于有了初见规模的大厦高楼以及蓄势待发的鳞次栉比，稍显倦怠之气的百货大楼也成了四郊五县的乡亲们进城一日游的首选地，当年耸入云天的抗震纪念碑也被周边的高楼大厦遮挡得没了半点阳光。隐蔽在大楼后面住宅小区浓密树荫里的小路上，散落着几个卖电话卡的小贩。这两年他们的生意已经大不如前了，大家都在用网络通讯，也只剩下一些固定的老顾客偶尔来买张卡，一般都是不太会上网的老头或者老太太给在外地的子女打电话用。树荫下，一个年轻人站在小路拐角处，正向一个卖卡的妇女打听从前这里周末邮票市场的事。女人看了看眼前的这个小伙子说：“你多少年没来过了吧，几年前就没啦，现在的人都炒房子了，谁还有心思集邮票啊？”“那您知道以前就在这个位置,总有一个胖胖的老头来摆摊儿吗？姓李的！”“死啦，听说是心脏病去世的，早就不在了！”

树影斑驳之下的年轻人蹲在街角，拼命回想那些年的场景，他记起临行前的夜晚空旷寂寥的工厂，偶尔有一辆绿色或蓝色的火车头贴合着轨道缓慢地行进而来，司机短促有力地鸣笛，像是生怕惊扰周边居民楼里熟睡的人，他毫无困意地拿着维修记录本坐在工区楼门口的路边抽烟，等着下一辆夜班车驶入检测区域。检测完毕，空荡荡的驾驶室里，他坐在司机的驾驶位置上，看着眼前一条条陌生又熟悉的铁轨愣愣地发呆。好像很多十九岁那一年发生过的事情都被他忘记了，好像他不曾有过困兽般煎熬度日的生活，好像他并未在醉酒后晃晃悠悠地骑车大声唱着歌回家，好像他始终没有听见临走那天中午渐渐消失在火车鸣笛里的呼喊声。

感伤是瞬间的
在未知面前
即便伤感
也是措手不及的
想到这些
窗外的蓝
也就变得通透了
你应该明白的
我想说的或许不是思念

新疆梦

《牧羊少年的奇幻之旅》当中，有一段牧羊少年圣地亚哥和撒冷之王之间的对话，圣地亚哥执着地认为一个人出生在哪里他就应该是哪里人，而撒冷之王觉得一个人可以是很多地方的人。于是在他们各执己见的态度当中，我就成为了新疆人或很多地方的人。

你是哪里人?

这是一个经常会面对又很害怕回答的问题，不是说不清，而是这故事太过漫长。如果一定要追述故事是怎么开始的，可能要回到上个世纪60年代，在那个时候中国的大时

代背景下分析和讨论五十年前的光阴当中，为什么会有那么多二十岁上下的年轻人，从城市奔赴边疆，放弃读书和工作的机会，从住羊圈开始慢慢习惯没有城市霓虹、没有家人照顾，甚至远离亲朋好友的青春岁月。他们在那里生活和成长，面对不安定的纷争也遭遇朴素的爱情，然后开始学会坦然接受人生的种种。有些时间节点会随着岁月流逝被遗落在某一段时间的灰尘之下，有些却能在任何时刻脱口而出，这就是所谓的回忆难忘吧，与距离无关。

一直以为新疆是再也回不去的家乡，长大之后无数次，每当面对巨大的中国版图，都会从北京一路西行，找到那个在塔克拉玛干沙漠边缘的小村落，在悬殊的比例尺微缩之下，那个小村落变成了一个微小的符点。直到飞机飞抵新疆上空，直到眼前出现清晰可见的雪山、戈壁，出现连绵不绝的荒漠，我才意识到我真的回来了。还记得飞机从乌鲁木齐飞往和田，下了飞机我对来接机的父亲说，爸爸我想你了，那是四岁时发生的事情。当然，这些都是被父母描述过无数次的场景，想起的其实是他们回忆时的表情。

行驶在北疆的高速公路上，脑海里开始浮现五岁那年离开新疆时的情景，一辆老式解放卡车载着全部家当一路颠簸。不变的是窗外近乎枯燥的风景，远山一直在变幻着各种各样的形状，好似海市蜃楼一般，偶尔会出现的胡杨，以及几乎没有尽头的路。世界会讲很多种语言，图画、文字、声音、旋律、景物，还有生命，不论是乌尔禾魔鬼城还是喀纳斯湖区，在典型的北疆风光里，梦境愈发虚幻。在小镇布尔津或者是富饶的克拉玛依的晨光中醒来的时候，甚至恍惚觉得这里不是新疆。直到真正置身南疆喀什，置身和田的疆土上，置身热闹的巴扎和喀什噶尔古城，才会觉得这才是我梦中的新疆。

走在新疆，常常思考一个问题，一个在群山间牧羊放马的人和一个生活在都市当中奔波劳碌的人，哪一个会收获更多的快乐呢？禾木村的那个早晨，听身边的母牛焦急地鸣叫，小牛从远处冲出围栏上前吃奶，早起的农妇娴熟地挤出一桶桶带着温度的牛奶，给远道而来的游客最新鲜的品尝。坐在图瓦人身边，听他吹苏尔，就像后来听到的萨塔尔的弹奏，或许这些具有凄婉和悲怆音色的乐器都拥有慰藉不幸之人的力量吧。

相对边疆人的豪爽和直来直去，城市人的情绪有的时候会显得绵软许多，但是从某种角度上来看，边疆人和城市人的乐观却都是一样可以溢于言表的。到达禾木的第二天气温骤降，远处山尖上的白雪清晰可见，早晨起来温度低得异乎寻常。同住在木垒屋的一群来自台湾的阿公阿婆，竟然别出新意集体在院子里赛起歌来。看着和父母年龄相仿的他们，在一片异乡的土地上感受满目美景，肆意绽放内心的快乐，像个孩子似的，我居然有点难过，因为当年这片蓝天下的父母，如今日思夜想却不会再回来重拾这些快乐。

在北疆的喀纳斯、在乌尔禾魔鬼城、在安静的布尔津小镇、在富饶的克拉玛依、在图瓦人渐渐迁徙的禾木小镇、在我感觉熟悉的喀什、在水果天堂伯什克然木乡……从北疆到南疆，什么样的声音才真正属于新疆？一次一次，总觉得耳边的、眼前的那些声音都不是我想要的新疆的声音。

就快要离开新疆的时候，再一次去了在乌鲁木齐几乎只有游人才去的国际大巴扎，想带一些纪念品回家，给已经有三十年都没有回过新疆的父母。走在购物的人群当中，看着迎面而来的各种土特产品，竟然完全没有任何想要购买的欲望，想着远在另一座城市的父母，想着在若干年前他们只身来到新疆，想着在若干年之后他们又载着全部的家当离开这里，想着这个地方被他们存留了最宝贵的青春和梦想。

在旅行中，收到父亲发来一条短信，他说，希望我能把在新疆这一路上到过的地方和即将要去的地方，每一个地方的名字，都写在短信里告诉给他们。荒木经惟有一本书叫《感

伤的旅程》，他在妻子去世之后又重新走过了那一段他们的蜜月之旅。我突然明白为什么在那么多年当中，父母对于这个地方魂牵梦绕却始终不肯回来。或许，他们是希望把在这里的记忆，这里的生活和在这里曾经所有的过往，都留在那一段岁月当中。或许，这里像是一座伤城，只停留在他们朝花夕拾的梦境里。

BEEH!
TAFi...

人与人之间有座岛
我想去那个岛

——郑润珠

离岛

2011 年，3 月 21 日，春分。北京开始降温，并伴有四到五级的北风，最高气温八摄氏度。天气预报显示，在云南省西北部云贵高原与青藏高原连接部位的丽江，这一天阵雨转多云，最低气温八摄氏度。

丽江，或许是很多人旅行表当中必经的一站。有的人选择在每处都能够让风景定格的古城度蜜月，有的人从重压的工作中逃离想去蓝天白云下发呆放空，有的人可能是为了那里的一餐饭、一壶酒，或者就是要去见证一下传说中的美。在丽江，每一个人似乎都有一个停下的理由。春分这天的早晨，在丽江已经生活了快一年的刘大药像往常一样，起床、洗漱、推开窗，下雨的古城变得格外清新。走在五一街上，春天的味道混杂着古城的旧时光，慢慢地荡漾开来，他要去古城中心位置的音像店，开始全新一天的迎来送往。

十七年前，四川某座小城的一座小学里，一年级的新生班中有一个小男生很容易就被人忽略了，在那些大他两三岁的同学面前，他显得有点紧张，仿佛一下子被一双大手从童话的世界拉到了成人的世界，那是才刚刚四岁的刘大药。

2008 年，成都。城市西部的一所百年名校当中，土木工程专业的二年级学生刘大药，被学校安排从老校区到峨眉校区工作实践，实践内容是工程测试导线。十八岁的他，第一次意识到爸爸为他选择的专业，或许对于他来说并不适合。那年 4 月，当他再次回到成都的时候，和家人说“我想退学”，家人同意并介绍他去爸爸朋友的建筑公司做文职实习生。一个月之后，5·12 大地震。那天晚上，电话不通，没有人陪伴，大药一个人带着一个凳子和一些重要的东西，去了成都的奥林匹克中心。广场上人很多，但他不知道和谁说话，他突然觉得，人生无常。以前很在意的一些东西，好像一下子也没那么重要了。就这样，他在外面住了三个晚上，这三个晚上他想了很多事情，他决定要做自己喜欢做的事情，但是，自己喜欢什么呢，似乎并没有一个方向，只是知道自己喜欢画画，喜欢唱歌。

他开始在招聘网站投简历，在关键词这一栏当中，他打上了创意两个字。两天之后，他接到了一个电话，是一个平面设计公司在招聘销售人员。设计公司的销售经理面试了他，觉得他虽然比较有亲和力，但是年纪太小，不太适合做这一行，经理同意推荐他去朋友的旅行公司做旅游，这刚好也是刘大药喜欢的。那年 7 月，刘大药开始在旅行社上班。主要的工作内容是在网上销售一些成都周边的旅游线路，也有少量的出境线路，负责在网上调整价格和电话答疑。就在工作当中，他开始慢慢地了解了一些和旅游相关的知识。

2009 年 5 月，已经在旅行社工作快一年的刘大药，第一次听说了亚洲航空这个名字，听说这里经常会有廉价机票，甚至是零价机票。旅行社的经理觉得这不是一个靠谱的事儿，安全系数不高，但是刘大药觉得这是个机会。于是他通过互联网定了第一张亚航的机票，机票是 2010 年 4 月 21 日，从桂林往返马来西亚热浪岛的机票，票面价格为零，行政税人民币七百多。想到这些，刘大药就抑制不住自己的兴奋之情，因为人生当中的十九年里，他从来没有离开过中国的西南地区，而第一次坐飞机也仅仅是订这张出国机票前的两个月，因为工作机会去了趟丽江。

都说有梦想的人是幸福的，能够将梦想照进现实的人是需要勇气的。在提前一年预订了飞往热浪岛的亚航机票之后，十九岁的刘大药似乎已经无法平静地度过生活当中的每一天了。他反复研究亚航，并且无时无刻不在查找关于吉隆坡的信息，历史、天气、文化、民风、街道、饮食，然后将这些信息重新归纳、整理成适合自己的旅行攻略。他像是谢尔顿笔下的盗贼，要去夜晚的博物馆里偷盗一幅价值连城的名画，即使还没有到达，但是已经对所有的机关障碍了熟于心，似乎闭着眼睛也要一马平川。

对于一个十九岁的人，对于一个十九年没有离开过自己生长土地的人，这一次的旅行无疑是无比澎湃的，激动当中相信多少还伴有紧张和对未知的惶恐。可能就是这些原因，刘大药最终无法按捺自己的好奇和兴奋，在十九岁这一年的 7 月，又预订了 9 月底从成都飞广州转澳门飞曼谷，以及从曼谷回香港经深圳回成都的机票。就这样，他开始了人生第一次，一个人的旅行。

他第一次跟外国人用英语聊天，用纯良之心和遇到的陌生人相处，也在行进中小心翼翼地对待每一个环节。也许是工作中养成的习惯，他喜欢在事情开始前去计划好每一步，然后在一步步完成中获得成就感。面对完全陌生的世界，他凭借着手中自制的寻宝图，一个人不断探寻着心中的宝藏。

一个人的泰国之旅给了刘大药无比强悍的信心，特别是在花销上，因为计划得当，一路穷游的他感觉内心的收获远远超出节省下来的金钱。在出发去热浪岛之前，他又在网络中征集到了几个准备同一时间去热浪岛的旅友，其中一个女孩的计划是先去西藏的青旅做义工。刘大药发现，自己的心已经在路上无法再收回，并安放在成都旅行社的办公室里了，他决定和那个女孩一起先去西藏做那家青旅的义工。可是在临行之前，他已经没有钱去买一张去往西藏的车票了，他就去医博会做“超模”——在一些被展示的超声波仪器前做测试模特。三天下来，除了收到了六百块劳务费，剩下的就是身上三大片淤青的印记。

在拉萨，刘大药突然发现自己之前在成都的生活圈子竟然是如此之小，每天的生活内容就是喝酒、唱歌、打麻将，而在拉萨一个小小的青旅里，每天洗衣做饭、打杂搬运的工作，却能遇到天南海北各种奇怪的、有趣的、牛 X 的人，能遇到那些漂泊的人，这让他无比满足，觉得遇到了另一群自己。在拉萨的另一个收获，就是刘大药突然发现，人是可以豁出去的。之前他把钱在生活中的位置看得无比重要，总觉得必须要有多少钱才能在一个地方生存下来或者有钱才能在路上，没有钱会让他异常恐慌。而在拉萨，精打细算之下，他依然可以享有在成都一般的生活，同时每天又可以面对完全不同的世界。

从相对闭塞的生活中一脚踏出来的刘大药，像是嗷嗷待哺的新生儿，对于这个世界充满好奇。在拉萨他每天盘算着身上的钱是否能够去趟尼泊尔，怎么去最省钱，是否够办签证，是否能走得再远一点。最后，刘大药做出了一个连自己从成都出发前都没有预想到的决定，他准备从拉萨直奔尼泊尔，转战印度，经马来西亚再回成都，彼时他身上仅剩不足一千元人民币和一张透支额度不超三千的信用卡。

那天早上六点，拉萨的天还没亮，刘大药已经坐最早班公交车到达了去往樟木的大巴车站，最早的一趟大巴车要八点才开，寒风凌厉中他无奈地躲进附近一辆倒票贩子的面包车，只为能取暖。为了能轻装上阵，大药没有过多的负重行囊，当然现实也不允许他去添置身边那些专业驴友的出行装备。拉萨到樟木，一路十几个小时，在这样一个封闭而狭小的空间里，从早上八点上车到第二天凌晨两点，想要保持沉默是件痛苦的事。坐在他身边的是一位有着专业装备的女驴友，那一路他们俩聊天、唱歌，一会儿孙燕姿一会周杰伦，嗨到不行……在刘大药的印象中，那一天十分完美，天气非常好，途中大巴车穿越喜马拉雅，远近的云层中，珠穆朗玛清晰可见，日照金山的圣境让他时隔数年还怀念不已。就这样，怀揣着很少的钱和无限勇敢的行走之心，刘大药经尼泊尔又开始从印度最南端城市出发的印度全境之旅。

从十九岁后的第一次独自旅行开始，刘大药已经走过的地方包括泰国、尼泊尔、印度、马来西亚、斯里兰卡、柬埔寨、越南、老挝、中国的云南、西藏、香港、澳门、上海、北京……2013年夏天，他在丽江拥有了自己的以个人旅游线路策划为主要内容的弗莱出境策划工作室。

有人说：人这一辈子，一定要有一次一个人的旅行。每次想起刘大药的故事我都会想起那个北京的冬夜，我结束直播离开电台步行到最近的麦当劳，看到刘大药，我人生中收留的第一个沙发客，守着自己的全部家当和一杯可乐发呆的情景。

2013年9月23日，秋分。初秋的北京，一场雨刚过，稍有寒意。早上醒来，收到刘大药的微信说，他的美签秒过了，他也终于要冲出亚洲开始一个人的美利坚之旅了。不知道此刻又有多少人如他一般，在准备出发上路，成为人海中的离岛。

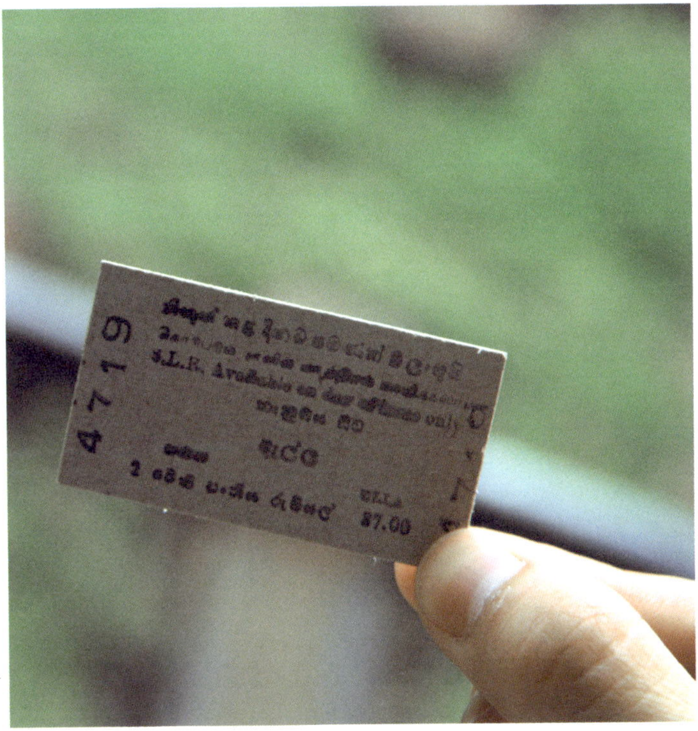
4719

从冬天开始
又向着冬天走去
故事一直在发生
只是我们没有遇到罢了
夜那么长
我们都无需太慌张
谁说的
今夜还年轻

放火的少年

这个世界不是真实的，但总有一些真实的事情在你我身边发生。这个故事要从一个工作日的早晨开始说起。

“那天我快迟到了，出门前我找不到我的公交卡了，我就翻钱包找零钱，钱包里面只有一张钞票，毛爷爷正面无表情地看着我了。我疯了！我在门口翻存钱罐，从里面倒出来几个硬币，拿上赶紧跑出门。那钱包里的一百块钱将是我下半个月所有的生活费？我一下子就颓了，真的，有点绝望了！挤地铁的时候，我完全失去了动力，我被后面的人拥着挤进地铁，我也毫无意识地挤着前面的人。我不知道为什么要来北京，不知道每天自己都在干什么，我越想越难受，感觉自己快在地铁里窒息了！”

埃蒙斯停顿了几秒钟，喝了一口眼前的咸柠七。

“那时我在酒店工作，嗯，坦白说，其实也不是什么酒店，只能算是个宾馆，我每天的工作就是为客房做清洁。那工作是我来北京的时候随便找的，本来觉得随便找一个工作先干着，然后慢慢可以转做前台，或者积累点经验，去好一点的酒店工作。我来北京其实就是不想在我老家那个小地方呆着了，每天遇到的全都是认识的人，生活圈子就那么一丁点大，你做任何事情都会被别人关注、议论，甚至被无限放大，你根本没办法做你自己。”

“说回那天吧，我紧赶慢赶还是迟到了，被领班一顿臭骂，难道她不挤地铁，她能保证永远不迟到吗？领班因为这点小事儿当着前台的面一直骂我，还说什么我这辈子也就是个保洁的命了，除了打扫卫生什么都不会。我特别生气，真的，我才十八岁啊，其实也挺委屈的，我文凭不高，但我很认真很努力的。我当着她的面就把工作服脱了，扔在前台，告诉她，剩下半个月的工资我不要了！我！不！干！了！”

埃蒙斯一下子回到了自己辞职当天的情绪里，仿佛我和他之间的那团空气就是让他委屈、愤怒的领班。

“别人都说北京的秋天特别美，那天我从宾馆走出来完全看不到美在哪儿。我不知道去哪儿，也不知道要做什么。我顺着长安街一路往前走，看着周围的人都那么忙碌，每个人好像都有自己的一份使命一样，忙东忙西的。其实现在想想，我应该谢谢我当时的领班，是她让我和自己不喜欢的生活做了一个彻底的了断，并且头也不回地和过去的自己决裂了。可是，我到底喜欢什么？我也不知道。或许我心里有一个答案，只是感觉离我太过遥远，太远了，不可能实现的。就像我兜里就一百块钱，你非要我去机场立刻飞英国，我怎么做得到啊！这就是现实，这就是让人绝望的遥远。”

桌上的咸柠七冒着一层层的气泡，发出不易察觉的噼里啪啦声，埃蒙斯用杯子里面的长柄匙压了压沉底的柠檬。

“你知道吗？我不想这样一直在北京混日子，我想要么试试自己想做的事情，要么干脆就打包回老家。可是直接回家肯定会让别人笑话，我也不甘心，试一试就算死了也值了。那天，我一边走一边想，走了多久我不知道，有多远我也不清楚。实在累了就找了一家网吧，坐在一个角落里，在网上找了一些模板，开始写自己的简历。我知道那算不上是简历，因为我没做过什么，经历太简单了，半张纸都用不完就写完了。但是我想让自己的简历能有有些特别之处，就写了一大段自己的心里话。写完，整理好，打印了一百份，手里还剩下五十块钱。从网吧出来差不多下午两点多了，没吃午饭，但我居然一点都不饿。其实，人有了目标事情就简单多了，也就不纠结了，我居然有点兴奋，现在想想有点人死之前回光返照的劲头吧。然后，我就坐上公车直奔大望路。”

北京的长安街东延长线是这个城市的坐标聚集地，有鳞次栉比的写字楼、售价不菲的高端公寓、眼花缭乱的奢侈品店铺，有隐匿其中的百姓人家和每天从四面八方涌来的追梦人。持梦者各不相同，但眼里的光很是相似，这光让梦的形状变得大同小异。

“在新光天地的GUCCI门口，我转悠了将近一个小时也没进去，我没有勇气，或者说没有自信，我在外面默念了一万遍自己要说的话，自言自语、自问自答、自说自话，但是就是迈不进那道门。去洗手间的时候我洗了个脸，看了看镜子里的自己，不英俊但足够有诚意，我想我必须突破我自己。下楼我拿着简历就走进了GUCCI，有那么一瞬间心都快跳出来了！我找了一个柜台里看着很面善的女孩，和她说我想应聘这里的店员。那个女孩说，让我把简历留下就可以了。这让我太意外了，我兴奋坏了！一直在和她说谢谢，然后几乎是倒退着走了出来。你不知道，她说让我留下简历的时候，我感觉自己整个人都在发抖，我不是紧张，真的不是，我是太兴奋了，太激动了！因为我以为她会拒绝我，或者会说一些让我难堪的话，但是，但是没想到，她让我把简历留下了。”

埃蒙斯的声音里有一丝颤抖，颤抖里似乎还夹杂着那一天的兴奋、委屈、理解和说不清道不明的感恩。

“这是我的两万五千里长征啊，你能明白吗？从店里出来，我突然感觉看到的每个人都在对我笑，突然觉得北京的秋天真的很美，之前是我完全没有顾及到。我从新光的一楼一路发到楼上，然后几乎没有休息又走到国贸，接着是王府井……从半岛酒店出来时候，天已经彻底黑了，我发光了我打印的整整一百份简历，整个人也已经累麻木了，我不知道还要去哪里，那是一种从来没有过的感觉。我坐在路边，看着来来往往的人，有挤公车回家的学生，有刚下班在路边打车的白领，有胡同里溜达出来的大爷大妈，也有骑三轮车送水的人，我分不清他们是哪里人，但他们都是我眼前很真实的人。我想着这个下午，我遇到的各种回答，各种眼神，各种拒绝和答复，我不知道为什么心里积压了很多种复杂的情绪，有高兴、有无奈、有激动，但是又真的很想大哭一场！”

沉默。对面的埃蒙斯眼含泪水。

“我那时候和一个姐姐一起合租一个房子，姐姐在二外学法语准备出国。以前因为上班经常倒班，我们在家里交流也很少，那天我回去就和她说了我一天的经历，我告诉她，其实我真的很喜欢奢侈品行业，不是因为虚荣，噢，可能也有一点虚荣的原因，我总觉得那些产品背后的故事和历史特别吸引我，我想要知道，我想要介绍给别人，我想要在明亮的地方工作。哪怕赚很少的钱，我都愿意。我知道这很幼稚，但我真的就是这么想的。以前在宾馆工作，没事我就翻那些客人丢下的时尚杂志，然后看不同品牌之间有什么区别，每一季又会有什么变化，哪个牌子喜欢请什么类型的模特之类的，我特别喜欢钻研这些。”

一无所有不是羞耻的代名词，它是把双刃剑，让埃蒙斯将行动的勇气几近燃尽，也让他在命运的暗面窥探到了最灿烂的希望，而希望的背后可能是比纠结更煎熬的等待。

“你往水里扔过石头吧？嗖的一下扔出去了，然后就是咚的一声，水花四溅。那个下午之后几天中，我就是一直在河边等水花的人，已经等到神经衰弱了。我甚至怀疑是不是手机坏了，于是反复开机、关机，一会儿又觉得是不是我忘记开声音调了震动，所以就反复检查。我还用家里的座机打手机，看看电话是不是在畅通状态，听见自己说，喂，你好。

真的，我觉得我快被折磨疯了！不敢把电话放在手边，电话一响，我就飞奔过去，每次打开几乎都是垃圾短信，气得我想摔又不能摔！说实话，我太想接到一通面试电话了，太想了，但是，我又真的很害怕接到那样一通电话，我太矛盾了，是吧？”

我点了点头，眼前的冻鸳鸯已经所剩无几，对面的咸柠七不再有气泡了，我抬手示意服务生，又加了两杯冻奶茶。

“后来的几天，你猜发生了什么？电话真的让我等到了，而且还不止一个面试通知。你想想，一百份简历啊，不过即便只有一个面试通知，我也是知足的！我可能就是容易紧张的那种性格，真的接到了我最喜欢的那个品牌的面试通知，瞬间我就慌了，因为我不知道应该穿什么去面试，我不知道去了说什么，我不知道他们凭什么能把我留下。”

“投简历的那个下午，其实我是有考虑有侧重的，我不是所有的品牌都投了简历的，我只有一百份，我一定投我最想去的几个品牌的。接到的三个面试通知当中，它们在我心里也是有排名的，我知道其实让我去任何一个我都会高兴得不得了，但在我心里还是有一个最想要拿到的 Offer。”

“面试那天具体穿的什么我不记得了，应该是黑色的衣服，因为黑色最保险。面试的过程一直都很顺利，就是简单的问了问学历和工作经历，面试我的应该是一个香港人。结束之前，他问我，你觉得自己和其他应聘者有什么不同吗？我考虑了五秒钟，然后告诉他，我和别人有很多不同之处，我的学历没有别人高，英语没有别人好，样貌没有别人出众，工作经验也没有别人丰富，这些都是不同，正因于此，我会花比别人多的时间学习，会有更强的好奇心，我会更谦虚更有诚意，会更低调努力地做好工作，这是我向往的行业，这是我最喜欢的品牌，对于别人来说这里可能只是一份工作，但是对我来说，这里是我的全部！”

此刻对面的年轻人，与几十分钟前对面的那个人几乎判若两人。

“就这样，我人生目前为止最大的意外出现了，我真的收到了最想要拿到的那份 Offer ！梦想成真，应该就是如此吧。”

“不过，这不是梦醒了，好像是你又掉进了更深的梦境里。当我真的拥有了一份在奢侈品店工作的机会，随之而来的压力可能是你无法想象的。我每天说什么怎么说，做什么怎么做都是小心翼翼的，被其他店员白眼儿甚至欺负已经是家常便饭了。大家表面上互不干扰，但我知道没有人愿意和我交朋友，没人愿意教我做事情。其实，这对我不算什么，之前在宾馆里比这儿也好不到哪儿去，所以其实我还挺适应这样保持距离的工作的。”

“我几乎不说话，只是观察然后想为什么他们会这样做，我们每个店员每个月都是有营业额要求的，我一直都被其他的店员甩得远远的，真的一点办法都没有。所以每天下班，我就悄悄把一些品牌的资料，各种有可能给我提供信息的东西搬回家，第二天上班再带回来。其实所有店员都是可以翻阅这些内容的，只不过因为是法文，所以大家基本上就是看看图片，也不知道里面的内容。我带资料回家，就求合租的姐姐帮我翻译，我帮她做饭，她来给我讲里面的内容，我就一点点记下来，记到我的小本子上，时不时拿出来看看加深印象。”

每个人都会拥有自己的大学，虽形貌有天壤之别，可秉烛而读的夜却又那么相似。

“进店里的人，不论买还是不买，都不是穷人，可能有过一个，就是当初送简历的我。慢慢的，店里的产品出产年份，在什么价位，有什么特质，适合什么年龄，有什么设计背后的故事，品牌有什么特点，设计师的设计理念是什么，店里哪款包适合配搭哪件新品衣服……那些看过的资料、杂志里的图片全都变成了一条条信息，每当有顾客进店，我就开始在心里与他们对话，然后再听老店员和他们聊天，看看我哪里想的还不够。奢侈品店里的店员，都是眼观六路的，看到有拿着名牌包进来的顾客，就会立刻冲锋陷阵，所以我从不和其他店员抢顾客，永远和他们保持距离，可能我还是在观察，在练习，在等待。”

“一天中午，大家轮班去吃午饭了，店里只剩下我和另一个店员。这个时候进来一个中年男人，其貌不扬，全身上下没有一件奢侈品，看起来特别文绉绉的，另一个店员一看这副打扮就直接躲了。我就上前招呼他，问他有什么需要帮忙，他说就随便看看，我突然注意到他的眼镜是某个奢侈品牌年初的新品，我想他一定不是个素人。我一直陪在他旁边给他作介绍，又没有过多地打扰他，尽量把自己知道的知识差不多都用上了。看了很久之后，他就让我帮他比较两款很低调的钱包，哪个更好一些，我就很诚恳的给了他一些建议。最后，他什么也没买，走了。”

“第二天，又是中午，那个中年叔叔又来了，进了店门直奔我而来，递给我一张支票，然后说昨天那两款钱包他分别要四百个。两百个啊！幸福来得太突然了，那种感觉你有吗？我当时快哭了，但还是强装淡定地帮他办好了一切。那个月，我是店里销售第二名。”

“可能就是凭着这一单的自信，就是这么一点点的认可，我开始渐入佳境。顾客进门，我先看他们的穿着、用品、谈吐，然后判断应该推荐什么价位的何种产品，并找机会和他们攀谈给他们建议，当然也肯定少不了对他们穿戴奢侈品的赞美。人都是喜欢听赞美的话的，比如我告诉顾客，她身上的这件衣服很好看，是哪个设计师的哪个牌子的作品，如果能配搭一个什么样的产品会更合适。其实这些建议，顾客是否接受都无所谓的，我在给出建议的同时也在收获一些难得的信息，也交到了一些顾客朋友。当然，这些人当中，有很多经商或者非常有名的人，我轻易不会联络他们，一定是我真的有市面上难寻的好产品，或者是我真的业绩需要巩固一下的时候，我才会打电话给他们，他们也乐得从我这里买走心仪的产品。”

和埃蒙斯走出金湖的时候，城市东边的第一道阳光正穿越层层坐标投映而来，那是我和埃蒙斯的第一次见面。后来听说，他一直是那个奢侈品牌北京地区的销售冠军，以致被公司派去香港培训后回到内地，成为了这一品牌有史以来最年轻的销售培训师。

“这个世界不是真实的“，这是导演克里斯托弗·诺兰在作品《盗梦空间》中的表达。或许每个梦都需要一个梦的主人，同时梦的设计师会在梦主的梦境中设计很多接近真实的梦的场景。与埃蒙斯分享梦的那个夜晚，我仿佛进入了一个介于真实与不真实的模棱境地，看到他在一个近乎虚无的场景里，极力奔向真实，并不断保护不让别人盗走他的梦。

当你看到这个故事的时候，埃蒙斯已经离开了这家他服务了几年的奢侈品集团，跳槽去了一家珠宝公司任职区域经理。

比较和平衡是人类的两大哲学课题
多少人在这两者中荒度人生
佛语说 破我执
是要让我们学会放下
在内心争执的声音中
你听到了什么

酒店里长大的男孩

背向大海，面对沙滩，他一次次将手挖向更深处，像是长了眼睛的手在沙下向更深处探寻，往更深处挖，抽出手，再挖进去，手上粘满了细小又潮湿的沙子。“你看！”十米之外的女子向他挥着手高喊，“你看啊！”他循声望去，看到女子同样满手是沙，手中举着一颗硕大的钻石戒指！他张大嘴巴，大声喊叫，可远处的女子完全无动于衷，钻石在阳光的折射下闪耀着无法拒绝的光，强有力地刺向他的眼睛……他，一下子醒了。

光，透过房间厚重的窗帘缝隙照射进进来，有一束刚好投递在床头。他摸索着找到手机，看了一眼，早上九点刚过。

晃晃脑袋，不痛，嘴里没有酒气，他慢慢起身，身上没有感到任何不适。赤身走进淋浴间，打开 OPEN 键，一股温水瞬间由上而下奔腾而来，他熟悉并享受这里的一切。十分钟，起床、冲凉、刷牙、擦干，在衣帽间随便挑了件黑色 TEE，同色运动短裤，出门前习惯性按了两下 BDC，他赖以生存的味道。出门进电梯，直奔二十楼。

二十楼的电梯门前有一个身着制服的女子，鞠躬示意他进门往里走，并轻声提醒他早餐将在四十分钟后结束。其实他很少能吃到早餐，往往醒来时已然过午，但他想既然已经醒了，就别浪费这美好的早晨。青菜白粥配小酱菜，素菜包加半个咸鸭蛋，他给自己搭了一份中式早餐。偶尔他也会要个单面煎蛋，牛角包加一份咖啡。二十楼落地窗外，一边是正在填海造田的经济新区，另一边逐渐完善的住宅和配套设施正在享受这城市最常见的蓝天白云。喝完粥，他翻了翻当天的早报，头版是市长赵泠然带队下基层，到服务行业一线感受市民日常生活。

他起身准备去拿点个香蕉就回房间，这时一个领班模样的女人站在他面前，身体微微前倾道："先生不好意思，您不能穿酒店的拖鞋出现在这里吃早餐。"他看了一眼面前的女子，看了看女子胸前的牌子，Chris，他没有说话，微笑了一下，径直朝鲜果区走去。“对不起，先生！这里地面很滑，你穿拖鞋很容易滑倒的，如果您滑倒了我们酒店是不负责的，我提醒您……”女子执意跟在他后面追述着，他在鲜果区拿了两根香蕉，回头看了一眼一直跟在身后的女子，放了一根香蕉在女子手里，自己拿着另一根香蕉向电梯间走去。“诶？先生，您这是……您下次来吃早餐一定不能穿这拖鞋了，我们酒店有规定的。”女子一直从早餐区跟到了电梯间，他索性脱了拖鞋，弯下腰将拖鞋拿起来，双手递给面前的女子说了句“知道了，阿姨”，然后头也不回地走进了电梯。

唐小峰，非酒店从业人员，空中飞人，高频率出差者。他的职业特性让他对很多城市的很多酒店都了如指掌，甚至对同一座城市的同一品牌酒店也有自己独到的喜好，哪家在市中心周边有什么好娱乐，哪家在清幽的山脚下环境怡人，他都能品评得头头是道，如数家珍的程度几乎超过一些专业酒店评论人。入行后的八年中，出差是他的常态，这让他已经习惯了穿梭在不同的酒店，躺在千篇一律又各有特色的床上，享受每一间酒店提供的美好或者忍受个别不完美，这里变成了他的家，承载了他生活中的大多数时间。不管多忙多累，只要回到酒店，关上房门，换上柔软的拖鞋，躺在舒服的大床上，听着洗澡水缓缓流入浴缸的声音，就让他拥有了家一般的安全感。这里有他熟悉的一切，装饰、服务、食品、声音、味道，甚至距离，他习惯了这种有距离的生活。

回到房间他拿起床头电话："转礼宾部，Andy 啊，你上来我房间帮我把行李推到楼下，放我车上，老李应该在门口了，好的，谢谢你。"挂上电话，他看了眼窗外，眼前的海在阳光中异常安静，透过浮云甚至可以看到远处的流浮山。呆了几秒钟，他又拿起电话："前台吗？找一下你们的值班经理 Tony。Tony，我几个小时以后飞北京，我想知道关于昨天失窃案的最新进展，对，我再和你说一次，公安介入调查是公安的事情，报警是你们酒店对这件事的处理方式，我目前需要知道你们酒店对失窃案的说法和态度是什么？不，这是你的态度，你的态度能代表你们酒店高层的态度吗？好，我知道了！"整个通话过程紧凑到毫无间奏。

上午十点的酒店大堂，似乎与昨天没有任何区别，水晶吊灯、艺术木雕、欧式沙发、错落的绿植及鲜花，一切井然有序。他走向前台，助手 Sunny 正在帮他办理退房手续，他走到 Sunny 旁边说："帮我安排一下明天的午餐，然后通知我妈妈明天中午我会和她一起吃饭，顺便告诉她吃饭的时间和地点，另外今晚给我在 W 留一间房，后天下午我飞杭州，帮我定好机票还有 S 的房间，别的事情还有吗？"Sunny 摇了摇头，将大理石台面上一个信封推向了他："这是您要的东西，半小时后在北山派出所，会有和酒店的调解会，老李师傅在门口等您，十二点左右我们一起直接去机场。”“好！”

北山派出所不大，一进门就可以看到满满一墙的监视器，旁边的一面墙挂着各种各样的锦旗。往左边是一个会议室模样的房间，门口写着“和解室”的字样。门对面的墙上写着硕大的“公平、公正、公开”，屋里有一个长方形会议桌，对面坐着三个穿酒店制服的人，他抬眼看了一下，分别是酒店大堂值班经理 Tony、酒店安保经理刘林和一个酒店保安。他进门的时候，那个保安正给屋里的每个人倒茶，除了酒店的人之外还有一个派出所民警，惯有的中年臃肿的样子，没戴警帽，警号 968。

没等他坐下，就听见民警说：“你！身份证带了吗？”他抬头看了一眼，民警的鼻孔正对着他的方向望过来。“我没有身份证。”“没有身份证？怎么可能没有？那你有什么？”他再次看了看民警的鼻孔，感觉到空气里的一丝不和谐，然后淡淡地说：“如果需要，我有护照。”“不是中国人吗？”民警 968 边说边坐下来，手里拿着他刚刚递过去的护照，一边看护照一边看着眼前这个年轻的男子，“唐小峰，二十六岁，中国籍……说吧，说说今天凌晨酒店大堂的打砸事件是怎么回事？”

他看了一眼对面三个低头不语的人，然后面向民警968说："警官先生，我想您作为北山派出所的民警，想必已经知道这两天发生在酒店的失窃案了吧，我昨天中午外出回来，发现放在房间旅行包里的钻戒不见了，钱包里也少了一些钞票，我第一时间和酒店联系，说明了情况，希望酒店方能帮我找到丢失的戒指，因为那枚戒指对于我来说，意义重大……""好了好了，我没问你丢戒指的事情，现在问的是今天凌晨，你在酒店大堂的行为！我这里有两份北山医院开具的鉴定报告，说酒店的两位经理今天凌晨被你殴打，目前造成轻微伤害，无法正常工作。我们在凌晨也接到了酒店的报警，说你在酒店大堂酒后闹事，打砸公共设施，造成很坏的影响！这个，刘经理，你说说吧，当时的情况。"

坐在民警968左手第二个位置的酒店安保经理刘林，此时依旧低着头，貌似很委屈地说："昨天夜里，我值班接到大堂值班经理Tony的电话，说这位先生在酒店大堂发脾气，将我们大堂里的沙发都推倒了，我赶紧赶去了大堂，看到这位先生可能是喝了很多酒，正拿椅子朝我们前台的屏幕砸去。因为我们都是参与了酒店初期筹备的员工，当我看到这位先生要砸大屏幕的时候，我的心都在滴血，因为我知道如果这一砸下去，整面墙都要重新被换掉，那损失肯定是很巨大的，我就赶紧拦住了他，结果反而被他推倒在地上，还上来打我。

我的同事 Tony 也因为阻止这位先生的打砸行为，也造成了不同程度的伤害，我们今早也都在相关医院做了验伤和诊断，现在我们除了医院的轻微伤害鉴定，还有一份酒店财务出具的物品损坏清单，我们要求这位先生赔偿我们包括人身和精神伤害在内，二十万！”

二十万，这段陈述最后的落点掷地有声，虽然陈述者一直没有抬头，虽然声音一直不大，但当最后“二十万”脱口而出的时候，还是把和解室内的空气凝结了至少三秒钟。“你，还有什么补充？”最后还是民警 968 打破了沉默，大堂经理 Tony 抬头看了看民警又看了看对面的他说：“我就是希望，公安部门能够秉公执法！为我们讨一个说法！”“你呢？如果同意赔偿就走一个流程，年轻人，也算花钱买一个教训，如果不同意我们就依照酒店的报案和他们提供的录像视频先对你进行依法拘留，你们双方就算调解失败，接下来就走法律流程了，怎么样？你有什么补充？”民警 968 一手拿着茶杯，轻轻吹了吹浮在茶水表面的茶叶，一手轻轻敲打着眼前的医院鉴定书，头朝右侧看了看唐小峰。“领教了。”唐小峰像是在自言自语，笑着点了点头，然后用两根手指压着面前桌上的一个信封，轻轻推到了民警眼前。

离中午十二点还有一刻钟的时候，司机老李已经将车停在离北山派出所不到十米远的路边，他看到几个人正在派出所门口的台阶上微笑着握手告别，除了唐先生，还有一个中年民警和三个穿酒店制服的人。坐在他旁边的 Sunny 正在打电话，“请转神经内科陈医生，是的，陈医生，唐先生让我代表他谢谢您，改日会再面谢您！”

一周后的首都机场，黄昏中的空旷里此起彼伏的航班构成了一道独特的空中晚高峰蓝图。一场大雨刚过，空气中有难得的湿润，这是北京最近一周以来最好的天气，PM2.5 数值竟然排在全国倒数第三的位置上，清新程度堪比南国。在机舱内凭窗下眺，北京夜晚的斑斓里，有这个城市独有的清晰脉络，这是一种低调的帝都霸气。忙碌的空姐正在发放当天的《SZ 晚报》，头条标题赫然在目——“多名顾客遭三陪频扰夜不能寐，集体报警致润华酒店即日被封”。

一个人生命中最大的幸运　莫过于在他的人生中途

即他年富力强的时候发现了他的使命

——斯蒂芬·茨威格

三剑客

“北京，变得这么快。二十年的功夫，已经成为一个现代化的城市，我几乎从中找不到任何记忆里的东西。事实上这种变化，已破坏了我的记忆，使我分不清幻觉和真实。我的故事总是发生在夏天，炎热的气候使人们裸露的更多，也更难掩饰心中的欲望。那时候好像永远是夏天，太阳总是有空出来伴随着我。阳光充足，太亮，使得眼前一阵阵发黑。”

每到夏天来临，耳边似乎总是会响起《阳光灿烂的日子》开始姜文说话的声音，若隐若现的还有马斯卡尼《乡村骑士》的旋律，似乎伴着知了的叫声我们仨才从电影院走出来，一转眼一切就都变成了无比真实的过去。

当年邱岳、卢骏和我都很喜欢这部片子，1994年电影公映的时候，邱岳和卢骏还从几百粉丝当中混进剧组一行人里，就坐在姜文、宁静和夏雨旁边冒充了一把工作人员。可我始终也想不起来，第一次见到他们到底是在哪里，他们两个之间又是更早遇见的哪一个。只记得那时候我们仨都很小，只记得那时候是夏天，记得家里的黑白电视机在放《霍元甲》，记得空气中有花露水的味道。

那天一大早，路口修车的大爷还没出摊儿，我等在路口遥望大路的方向，这是通往小区的必经之路。没过多久，远方一辆黑色的小轿车越来越近，我使劲挥手也没能引起司机的注意，小轿车擦身而过，我清楚地看见外公、外婆和一个小男孩坐在车里后排的位置。我拼命地跑，拼命地追，等气喘吁吁跑到家的时候，外公和外婆已经在屋里的沙发上坐着喝水了。旁边的小男孩，头发偏分，泡泡纱衬衫，背带短裤，黑色皮凉鞋，白色棉质短袜，这是我脑海内存中所保留的第一次见到邱岳的全部印象了。那年，他六岁，我七岁。

一直有一个算不上好的习惯，喜欢留着旁人看来没什么用，甚至没什么意义的东西。比如一些票根或者信件，一些日记或者老照片。前些日子搬家的时候，忽然觉得这些东西现在都没什么意义了，就眼也不眨地都扔掉了。但是在这些无用的东西里还是留了一些，比如卢骏那年，那年托朋友从南半球带回来的一封信。

“这里的天真的很蓝，虽然天气也总是风云突变，可是空气好、环境好，这也是国外最大的优势吧。这里的中国人很多，所以有的时候走在街上或者商场里，你总会有种错觉。总之这就是我现在的生活吧，在哪儿都会有各种各样的问题，我就抱着一切都会好的信念，偶尔憧憬一下未来的生活，希望一切都会好起来，真想和兄弟们一起生活，那样苦点累点，日子也会开心的。努力吧，为了我们的小愿望能够成为现实。弟弟，2003 年 11 月。”

斯蒂芬 · 茨威格在《人类群星闪耀时》当中写道：一个人生命中最大的幸运，莫过于在他的人生中途，即他年富力强的时候发现了他的使命。熊培云在《自由在高处》一书中评论这段话的时候展开了自己的理解，他说，大学的意义不只在于锻炼人格、培养思维能力，还在于找到或者确定裨益终生的兴趣，如果你找到了真正属于你的兴趣，愿意终生为此努力，即使没有读完大学，你的人生也一定丰满而有希望。一个人在他的有生之年最大的不幸恐怕还不在于曾经遭受了多少困苦、挫折，而在于他虽然终日忙碌却不知道自己最适合做什么、最喜欢做什么、最需要做什么，只是在送往迎来之间匆匆度过一生。

在中国北方，城市的集中供暖期是每年的 11 月中旬到次年的 3 月中旬。除非天气特别寒冷，不然都不会提前供暖，所以一般情况下供暖前的一两周是最难熬的时候。那一年的 11 月初，拿着这封信，我突然想起读中学的时候，和弟弟两个人在不同城市之间相互通信，也想不起来都写了什么，但是日子就这样一晃而过了。卢骏要高考的那年夏天，我还画了一幅画，好像还配上了一句汪国真的诗，以此鼓励。就算是在北京最冷的冬天收到的这封信，就算南国与北京两相离，我想，只要有一个人在夏天就好了。

那时候，没有人知道，已经是天各一方的三兄弟，人生将从此不再相同。

1998 年的夏天，是一个被怂恿的夏天，在三个年轻人心中都有很多的不安分。卢骏进入大学一年整，大学的日子在踌躇满志和无所事事中摇摆，尽管他并不知道未来会是怎样的生活，但在未知当中，他分明感觉到了一种自由的气息。邱岳每天打工生活忙忙碌碌，但他总有一种特有的北方男孩的魅力，工作起来分外认真，工作之外油嘴滑舌的招得周围很多女孩非常喜欢。至于我，这个夏天特别难熬，一方面期待心中郁闷如火的情绪能够早点消失殆尽，另一方面又希望这份美好的时光能够慢一点，再慢一点。因为在我心中，一个关于未来的人生计划正在缓缓诞生。

旅行，有的时候是需要被启蒙的，不论这个启蒙老师是谁，这都会对一个人的未来带来巨大的改变，给低头耕耘的人带来一片预示未来的希望。那年夏天卢骏提议去海边，对于他来说，不必读书的夏天，被困在城市就是人生最大的煎熬。这个提议在我和邱岳心中被迅速点燃，对于两个朝九晚五的上班族来说，离开城市的人群，站在宽广的海滩边上，哪怕只是静静地停留那么几分钟，也是一种无比的舒缓，甚至心中隐隐觉得，海边的一周将是无比难得的人生假期。

将近二十小时的硬座绿皮火车，带着我们从城市中心去往海边小镇，当满是红色屋顶的小镇出现在夏天清晨的阳光中，当阳光穿越咸咸的海风透过绿皮火车的车窗，晒到几个刚刚从梦中醒来的年轻人脸上的时候，像是一个十月怀胎艰难度日的产妇，大汗淋漓、声嘶力竭地临盆一样，这个世界瞬间变得美好无比。

小王子说，如果有人爱上了在这亿万颗星星中独一无二的一株花，当他看着这些星星的时候，就足以使他感到幸福。他可以自言自语，我的那朵花就在其中的一颗星星上，但是如果羊吃掉了这朵花，对他来说好像所有的星星一下子全都熄灭了一样。

十年的时间，三个人在寻找自己真正的生活，到底什么才是真正热爱的，不论在什么样的国家，不论在哪座城市，不论做着怎样的工作，不论身边是否已经找到两情相悦的人。十年，也使每个人与周围的环境相溶或者相斥，想过要逃离或者回归，就像想过要出国或者回国，想过要重新聚在一起，想过要再有一次海边的旅行。就像杰克·惠特曼在《穿越大吉岭》当中说，我想知道咱们三个在现实世界当中，是否真的会成为朋友，不是作为兄弟，而是作为三个陌生人。

2011 年夏天，我坐在 MOMA 的百老汇电影中心空荡荡的放映厅里，看了一部傈僳语的电影叫《碧罗雪山》。故事发生在中国云南西北部，片中村庄里的人们说着自己民族的语言，与外面世界的联系就是一条溜索。人们想要出村，就要自己带着滑轮，穿在溜索上滑过去，而身下就是咆哮奔流的怒江。这样我想起了几个月之前的内蒙沙漠之行，也是那样被阻隔于世的村落，只是一个藏于深山，一个置于荒海，也是那样问题重重的一张张面孔。宗教、民俗、现实生活以及政治，尴尬地搅在一起。片子的结尾，村民们依依不舍地搬离了祖祖辈辈居住的大山。看似是一个问题的结束，却引发了另一个以及更多问题的开始。这样看来，离开或许也只是一个开始。

当年在天津马场道那家叫三剑客的小店里，一起幻想未来的三剑客，转眼已经来到未来里，现实与想象确有不同，不仅是因为距离。因为各种各样的原因我们开始疏于联系，起初打打电话，后来写写邮件，而如今不论是电话还是邮件都非常少了。卢骏习惯了每天独自开车外出工作，独自欣赏窗外悉尼几乎永世清澈的蓝天，有时候要跑很远的路去一个陌生的地方拍照，他也习惯了南半球的阳光将他的肤色染得金黄，这些年来还养成了健身的习惯，偶尔想打个电话联络一下，也觉得这么久都没有联系了，真不知道话该从何说起。邱岳这些年越来越忙，当年毕业之后放弃了回国的决定，就开始在新加坡打拼，虽然这些年的工作重心也不断转移到国内，但是他主要面对的还是那些工作上的客户。有一次，我问他，你觉得这些年自己最大的收获是什么？他说，踏实了，沉稳了好多。而我，一直没有出国，一直在北京，也一直不在北京，似乎一直在路上。有时候多年未见的朋友聚会，大家都说这些年我似乎没什么变化，一看就还是原来的样子。可是他们并不知道，在我看来从 1998 年那次海滩旅行开始，变化就一刻都没有停止过。

姜文在《阳光灿烂的日子》中有这样的一段独白：我羡慕那些来自乡村的人，在他们的记忆里总有一个回味无穷的故乡，尽管这故乡其实可能是贫困凋敝毫无诗意的僻壤，但只要他们乐意，便可以尽情地遐想自己丢失殆尽的某些东西仍可靠地寄存在那个一无所知的故乡，从而自我原宥和自我慰藉。我很小便离开了出生地来到这个大城市，从此就再也没有离开过，我把这个城市认作故乡。这城市的一切都是在迅速地变化着，房屋、街道，以及人们的穿着和话题，时至今日他已完全改观，成为了一个崭新的，按我们的标准挺时髦的城市，没有遗迹，一切都被剥夺地干干净净。

走出百老汇电影中心，身体从恒温的凉爽进入燥热褪去余温犹存的城市，心里的伤感被环境的温暖裹挟着。三个已经不在原点更不在交点的人，是否还能拥有一个共有的未来，是否已经寻到了心中所爱，没有约定的旅行还能否成形？或许我们才是这一世，没有故乡的人。

没有人可以勇敢离开
如果心中没有绝望

没有人可以独自上路
如果没有心怀恐惧

没有人可以在深夜奔跑
如果没有与心魔握手言和

没有人可以真正快乐
如果没有与自己赤诚相见

当你和自己告别
就是在和自己相遇

迷恋着无比澎湃的旅行

一

阳光一路照射着一辆1979年产的解放牌CA10型卡车缓缓驶出墨玉第二中心小学有些残破的门，校门口的李校长与几位老师在一群维吾尔族和汉族学生的簇拥中朝慢慢驶远的卡车使劲挥手，卡车后部防雨布撑起的车斗里一个身穿劳动布蓝制服的男子也正奋力挥手回应着渐渐渺小的送行人群，似乎也是在向这片他生活了十几年的南疆土地做最后的挥别。

两个脱色的铁皮箱夹杂在几个糙木货箱中堆在车斗最前方的区域里，它们将和主人一起经历一次漫长的迁徙，从墨玉出发向西行再向北向东，环绕大半个塔克拉玛干沙漠，熬过七夜八天的颠簸到达乌鲁木齐，之后换乘长途火车一路向东，四天三夜后方能抵达北京。驾驶室中副驾位置上的女子正搂着身边还没睡醒的孩子，右侧的后视镜里一排排高大的钻天杨迅速跑远，道路两旁一些或新或旧的建筑被检阅一般地逃离了她的视野，眼前的一切成为了她无法定格却永远历历在目的曾经。

那一刻，女子才满三十五，男子未满三十七。

这是我想象中的很多年前的一幕。同一时空中，万里之外的世界完全是另外一番景象，也是未满三十七岁的 Peter Weir 刚刚在自己出生的城市，悉尼，拿到了 1981 年澳大利亚电影协会颁发给他的最佳导演奖，这让他更加坚定了自己要做一个电影导演而非子承父业成为一个房地产经纪人的梦想，同时这份荣誉也让他开始在国际影坛小有名气，甚至这份自信也一路陪伴着他走到了十六年后的夏天。

那个夏天，他来到了美国佛罗里达州一个叫锡赛德的小镇，镇上的三百多栋住宅风格都非常统一，你可以从任何一个位置步行到达镇上的餐馆、书店、邮局、服装店或美术馆，甚至每条街道都可以通往海边。在小镇上居住的十八个月中，Peter Weir 完成了一部全新的作品，在他的影片中锡赛德变成了一个叫桃源岛的地方，在万千居民中有一个叫 Truman Burbank 的普通一员，他有一份很平常的工作，朝九晚五在一家保险公司做经纪人，他有自己的家、爱人和朋友，有和其他居民看起来似乎没有任何区别的平淡时光，生活毫无惊喜日复一日，直至有一天他头也不回地离开了这里。

不论世界以怎样的形态存在着，总是有一只无形的时光之手将天各一方的人彼此关联。1998 年 6 月，当被称为史上最昂贵艺术片的电影《*The Truman Show*》开始在全球上映的时候，当年在解放卡车中昏昏欲睡着开始人生旅行的小男孩也正要像 Truman Burbank 一样离开自己的桃源岛。

锡赛德是桃源岛的真身，但桃源岛不止存在于佛罗里达，在每一个有如桃源岛的小镇里都存活着大量平淡无奇的小镇青年。他们拥有不必思考的人生，所有的成长轨迹都已经被逐一安排，从读书的学校类型到所学专业，从毕业后的工作选择到工作后的谈婚论嫁，都已被安排妥当。在爱的盛名之下，一切都变得有条不紊和不可拒绝，他们每天有几乎相同的作息，在几乎相同的时间遇见熟悉而陌生的人，微笑寒暄，周而复始，他们已然习惯了这样的生活，甚至丧失了选择的权力和能力。至少在那个时间节点之前，我，就拥有类似这样的生活。

那也是一个建筑风格极为统一的小镇，像是建造师偷懒或者被上帝做了蛋糕倒模一般，所有的公寓楼都拥有看上去几乎一模一样的外观，颜色、层高、朝向、单元数目及排列方式，甚至楼间距和绿化植物的品种都是高度统一的。当然，你也可以选择步行到达镇上任何一个重要的去处，餐馆、书店、邮局、商店、警察局或者车站。每条街道两边有统一的路灯，统一的垃圾箱和统一的报刊阅读栏，每条街道都可以通往的地方叫还乡河。这曾是我的桃源岛，我就是在此长大的 Truman Burbank。

和几乎所有小镇青年一样，我拥有一份被选择的工作，在小镇的火车站做铁路维修工人，旱涝保收是周遭的人对那份工作最客观的评价，如果不出意外应该会一路递进，入职、转干、提升，成为在办公室里看报喝茶的中年人。如果心态好，假装在欧洲，一名铁路工人，或许同时还是一个乐团的吉他手，或者已经发表了自己的唱片，偶尔参加一下工会组织的罢工游行，争取更多的个人利益。要么假装在印度，一个懒散到毫不守时的火车司机，任由乘客着急只管踏好自己的节奏。在桃园岛，铁路工作和小镇上所有体制中的工作一样，有着某种近乎暗合的气质，等待任务、等待劳累、等待下班、等待日落，等待是每日的必修课。每个人都不同的很相同，铁路工厂像是一座需要救赎的肖申克监狱，禁锢着每一颗时刻想冲出去的心，或者其实无关工作本身，是人们早已习惯了这样的节奏和生活方式，认为这就是人生的全部。就是这样的一座工厂用三年时间，教会了一个十九岁的人如何直面空洞的时光，在别人的羡慕中几近绝望的人生空洞。

期待，在某个特定的时刻往往会成为中性词，背后的连带景象未必会是惊喜。在师长期待下的孩子很有可能形成老师爱、同学恨的班干部性格，幼小的内心在懂事和听话的标准行事节奏里深埋叛逆的火种。童年的梦想大多是师长诱导下的豪言壮语，独自直面社会时才恍然什么是人生。从工厂下班后走很远的路，可以到达一个无人打扰的小山丘，静静坐着能够看到积攒了一天能量的太阳缓慢越过对面的山丘去往另一个城市，眼中每一秒的景象都会不同，那是那几年我最喜欢做的事情。

不断累积的压力在一种固定的形式中，累加成无形的动力，伺机而动，寻觅出口，再将人生带向一个全新的方向。工作的第二年，通过铁路系统报名的全国成人高考，小镇青年拥有了工人之外的第二个身份。世界又被打开了一点点，虽然很有限。无穷尽的痛苦及恐惧促使 Truman Burbank 头也不回地奔离桃源岛，即便未来何处尚不可知，故事的最后我想人们应该站在影院里全力鼓掌的，为他拥有了一次拼尽全力的勇敢，和一次不顾一切的选择。躲在铁路工厂嘈杂的人群里，被无望怂恿着过活，发现绝望才能让人更勇敢。

有一天电话狂叫，电话那头的晓玲老师说天津电台正在招聘客座主持人，建议我去试试，即便不成功也是一次难得的人生体验。现在想来，尚未懂得救赎自我的青春里那个我是一个多么可悲的人，拥有狂奔的体力却丢失了辨识方向的技能。晓玲老师应该就是上帝安插在我懵懂岁月中的安迪 ·. 杜佛兰，在偏远的铁路学校创办电台，在审美全无的荷尔蒙中组织板报比赛，新年晚会前让我独挑大梁做独幕剧导演，在凌晨四点拉着我和海波在无人站台等待拍摄第一班奔去北京的双层列车，她是那段日子里几乎所有的惊喜和希望。

如果你也是一只圈养的鸟，伺机飞走和享受被宠爱，你会如何选择？一个日守等待双目茫然的小镇青年，看到了外部世界的光，光芒解构了所有的望穿秋水，乘着光似乎就可以离开一眼见死的生活，他又会如何选择？那个六月，我在自己的人生里贴上了三个有些落差的角色标签，铁路工人、成人类院校大学生以及电台应聘者，在工厂、学校和电台之间分离、奔跑、感受、扮演，痛苦或享受着。

Panasonic
MD 74
SONY
ES

二

两个月后的天津，一个骑着飞鸽自行车背着蓝色帆布包的年轻人在不同的街道间穿梭，尝试记下每一条街道，偶尔停下打开包翻出里面的地图看看，或者再确认一下前一天的晚报招聘版上被标记出来的地址，包里的两张纸似乎就是他所有的未来，那是重获自由的我 。小镇青年的角色标签再次变更为外省求职者和非正式大学生，铁路的工作在与家人极力沟通和争取之下被停薪留职，电台的应聘在通过层层选拔之后音信全无。那一份在铁路被抢破头、在小镇时被视为转干救命稻草的所谓学业，其实是一个只在周末上课的开放式大学，上课时看不到的同学会在期末考试前出现在老师办公室里，拿着各种糖衣炮弹点头哈腰，死缠烂打软磨硬泡。

家人开出了一个有时限的离开条件，一年之内找到并拥有一份和铁路工作持平的收入，并在不荒废非正式大学的前提下就可以继续处于停薪留职的状态里。能最终离开小镇，其实与两件事情不无关联。其一，自小的教育让我一路以三好生的姿态成长，却因为报考学校的失利而进入一个完全陌生且不在人生预期的行业，这可能是父母也没有预料到的。开始工作的第一年，所有当年的同学高中毕业纷纷进入大学，我却成为了第一个工作的人，在内心深处出现了一个预期与现实的巨大落差，面对落差心里只剩下恐惧，家人抱有一份隐隐的抱歉，却爱莫能助。其二，一起在铁路学校读书的海波，实习那年通过参加高中课程补习，毕业那年考上了天津美术学院，直接辞掉了铁路的工作去读了大学，这让我发现即便走错的人生也可以通过努力即刻修补，关键是你要回头修补这一段错误还是将错就错继续未来的人生路。

夏末秋初的天津有这个城市最美的风情，那个街头骑自行车寻找的年轻人，凭着莫名的自信，一路从夏天找到秋天，执意坚持着心里的那些标记。经过几轮面试，一家当时最大的台资婚纱影楼给了他一份摄影助理的工作，第一天试工结束后走在天津中心区的闹市里，他感觉自己的人生似乎就要从这里转弯了。

电话狂响时我正在路边等红灯，一个中年男子的声音娓娓道来，他是天津音乐台的笑武老师，说有一档每周半小时的音乐节目想找我去，问我是否有兴趣。生活将人逼上绝路，然后才会向你展示置之此地而后生的精彩。当被认可成为一种幸福，面对幸福等待或者寻找都已不再重要。就这样，在旁人看来是不可思议的变身故事开始了，前一秒脱下了满是油腻的工作服，后一秒从铁路工厂机器咆哮的车间走进舒适而精致的电台直播室，指甲缝隙或掌纹里甚至还藏着没有洗净的污垢，但只需轻轻一点，麦克风的灯亮起来，世界就为你安静了。大概很少会有人有这样的人生体验，像是小说里的故事，也像是一个尚未醒来的梦。

时间安排上的冲突，让我果断离开了试工一天的影楼。生活被启动为另一种模式，每天早晨六点起床，七点前骑车到达跨国连锁餐饮品牌哈兰·山德士上校家开始换工作服打卡工作，一点下班午餐休息，骑车去电台接受培训、录音、编辑节目，周末去非正式大学上课。生活完全变换为另一种节奏，彼时的小镇青年依然不是《甜蜜蜜》里的黎小军或李翘，他们在为自己的香港梦而活，要赚钱成为香港人，小镇青年要的只是自由，有的只是冲破樊笼重获新生的满足，一个并不清晰的远方，和不觉疲累。

外省青年的角色标签随即变为非正式大学生、快餐店前台和被培训的电台客座主持人。电台同事知道我在快餐店打工，偶尔还会来照顾生意，那是我们之间的秘密，在柜台里外会有不被察觉的微笑，但是店里的小伙伴并不知道我的电台身份，我们一起忙碌、抽烟、劳累或是抱怨，一切自然而然。白天我是你对面的快餐店服务生，微笑、询问、点餐、找零，夜晚服务生藏在声音后面，躲进了另一个世界里，变成另一个人。之后的七个月里，很多人在三档电台节目中听到了同一个声音，有小伙伴识破后转告他人，消息迅速在全店传播，大家似乎无法理解这两种角色的并存，生活中开始出现从未有过的褒奖和照顾，于是马场道尽头的快餐店里自此少了一个上早班的帅哥。

电台不曾是我梦寐的人生，在小镇青年看来那是天空中遥不可及的星，是太过虚幻的梦，即使当年的小镇青年无数次守着收音机度日，也未曾将此与未来划上等号。就这样，外省青年的生活布景里一些人消失了，取而代之的是音乐和文字的充盈，身边满是以前只能在小镇收音机里听到的声音，他们向你点头、微笑，在电台全心全意做节目成为了那段时间的全部生活。明媚的表象之下，始终有隐隐的不安尾随着我，那个声音说，你还是个铁路工人。那声音让人时刻提防着华丽表象下的情绪膨胀，提醒着角色转换需要时间，或许真的是三年的煎熬教会了一个人如何在生活中辨别真实的自己。我还是那个守夜人，只是布景不再是高不可及的车间穹顶和鸣叫着缓慢驶来的各类火车头，守夜人讲的故事开始被人听见。

有段时间，每天是这样度过的：早晨结束早新闻直播后，在广电食堂喝碗粥，上午骑车去英语补习班上课，偶尔在天津大学或南开大学的校园里，溜进一间阶梯教室藏在后几排认真地听老师讲考古学或者高分子化学，中午就在学一或学二食堂吃，下午在北洋体育馆游泳，然后回电台准备下午及晚上的节目。这是我最快乐的时光，不紧张不匆忙不抱怨不膨胀，现在想来如果就这样在音乐与文字间迂回，一张一弛一辈子也挺好。电台就是我的大学，简单美好。

遇见了谁，生活中就出现了谁的影子，身边是充满梦想的同类，还有热爱音乐文字的师长。在这个不断付出和不断补给的过程中，在真实和粉饰之间，在真诚和虚情之间，在真相和想象之间，变成一个用声音营造空间的造梦人。

人生总有新的命题出现在你顺流而下或逆风而行的时候，像是不可拒绝的任务，接受、执行，毫无余地，不等人回神。

三

2003 年早春的一个傍晚，从北京到天津的火车上，看到窗外的夕阳，我竟然有了一丝久违的亲切感，这条路在短时间的往返中竟然也升腾出无比的熟悉。从东站出来，回到卫津路 143 号的电台办公室，同事们大多已经下班，偶尔有夜班新闻的同事忙碌的身影晃过，这是我异常熟悉的场景，这个时间是我出现在电台办公室的时间。几年时间里，这里像家一样让我有种说不出的习惯和依赖，就像这座城，当你离开的时候才能体会到故乡的味道。

不开灯的办公室里，只有电脑屏幕亮着，我在办公桌前坐了一整晚。那一刻，我仔细整理了在天津电台期间不同节目的录音和每一个服务过的调频背景介绍，以及听众对节目的反馈和自己的心得，做成了人生第一份简历。那个月，非典尚未蔓延，已经在北京生活了四个月的我，租住在尚无十号线的东三环布满老居民楼的社区里，每天被身后的陌生人拼命挤上公车，下班常常已过零点，付着天津三倍的房租拿着打了对折的薪水。那一年，我没有和表弟一起去悉尼读书，而是选择了北京，选择了人生的另一个模式与节奏，无人安排，一切咎由自取。

黄昏的建国门外大街没有小镇上迷人的夕阳，也没有可以眺望敬业湖的直播室，十八层楼下是寸步难行的长安街，午餐桌上没有手捧盒饭还谈笑风生的同事、总监，身边满是手持星巴克匆忙而过的人，耳边始终有个低语声在说，更快、更高、更强！生活的布景再次更迭，身上的角色也变成了天津电台周末兼职主持人，北京电台节目公司制作人员和中央电台应聘者。电台，已经成为我人生无法摆脱也不必挣脱的标签，那是存活在证明年代里的我，在拼命告诉别人，我能，我可以，我没问题！

被思念的城市到底在何方，每次离开北京返回天津的周末火车上，这个问题经常出现在脑海里。初中毕业的那个暑假，在北京的姑姑带我去了王府井新开的当时世界上最大的麦当劳，站在一片洁净明亮里闻着薯条和汉堡的味道，那是我第一次对北京产生向往之情。可是走在北京的地铁里，和千百个陌生人一同上下楼梯，总会有某种莫名的恐惧，似乎是来自人海的压力，让人透不过气来。这城市有让人向往的宽容、自由和机会，有那么多演出、展览和音乐会，有无法想象的遇见和老死不相往来的冷漠，这就是十年前我对北京的所有认知。

倔强而执着的智齿左冲右撞了几年之后，终于在我去应聘中央台的那天清晨猛力爆发，肿胀的牙床连带半边脸都不协调地膨胀起来，起床后两罐冰可乐轮流帮忙抚摸镇痛才得以稍稍消肿。坐公车到永安里，换乘还没那么拥挤的一号线，在南礼士路站选择东南出口，步行到达中央人民广播电台西门。在一个极其宽敞明亮的演播室里，我完成了面试及试音的全过程，话筒对面的玻璃窗后面坐着很多张微笑的脸，我不知道他们的名字，但可以猜想那一定是一些无比熟悉的声音，或许有我童年耳边的小喇叭，读书时伴随我起床、洗漱的新闻和报纸摘要，或者就是在小镇睡不着的夜晚抱着收音机苦苦寻找信号后传来的声音。

可是，走出中央台心里复杂难言，那并不是一次完美的测试，想到有可能就此告别电台，心里除了不舍还是不舍。北京拥有一切大城市具备的冷酷与宽容，短短一个季节就打破了之前积攒的所有骄傲和自信，将任何人都变成一个完全陌生的发声体。终于在内心深处认可了所谓的幸运之说，是这个更大的城市用最残酷的现实教会了一个人如何懂得珍惜与感恩，如何不再患得患失。走在长安街上一路向东，路过写字楼里的白领、千奇百怪的潮人、不怒而威的武警和东张西望的游客，我不知道要去哪里。

电话狂响时，智齿还在顶撞牙床，肿胀并未消去，我正坐在从天津东站开出的十三路公共汽车上，左手是天津外国语学院华丽的欧式建筑，电话里的声音说，欢迎你来中央台工作。强忍着眼里升腾起的水雾，像是迷路的人听到有人说，欢迎回家。

八楼的直播室，西向的窗户下面有两个老式的开盘录音机，墙上有一面不大的五星红旗，屋里的地板年久失修几乎每一块都会说话，直播台上有绿色的胶垫，胶垫上有一些调皮又不太放肆的笔迹，坐在直播台前可以看到对面的导播室，空无一人。从直播室走出来，右手通道左拐再左拐，三十秒内可以到达另一间和直播室差不多大的录音室，房间有两扇朝北的窗，若是晴天站在窗前可以看到西山的夕阳，后非典时期的那几年过得特别快，这两个屋子里有我数不清的黑夜和白天，那些数不清的因为年轻或梦想才会执着的事。

结束了凌晨的节目走在深夜的长安街，春天有不肯睡的流浪汉，夏天有夜班洒水车，秋天有结伴而行的轮滑队，冬天偶遇大雪或许门口会有个等你的人。这个时间的城市不堵车不嘈杂，可以散漫而行，有时月朗星稀有时前路迷蒙，不想抬起手招来任何一辆出租车，就一路向前走到没了气力。没错，我进入了中国最重要也最有影响力的一家电台，进入了一个系统一种体制，进入了一群人特有的生活方式中。这里没什么秘密也没什么特别，一切都在自有轨道中运行着，像是回到了那个十九岁的工厂，系统庞杂却井然有序，每个人都有一条被早已铺埋完毕的前路。只是我完全没想到自己丢下一切拼命逃出一种体制，却又不顾一切将自己奋力搏进另一种体制里。

2007年春节长假的最后一天，从盛夏的菲律宾回到北京的冰雪里，身体在暴晒之后正有一层薄如蝉翼的旧皮渐渐脱落，坐在暖气十足的家里我写了一封长长的信。信中说，离菲律宾首都马尼拉不远有一个叫百胜滩的地方，这里以百米瀑布吸引着世界各方游人，若想到达此处需乘一叶扁舟由船夫带领在溪谷腹地穿越热带丛林，路上会有暗礁藏匿，要不断错避他船，船夫要掌舵要牵拉要奋力推舟，闪转腾挪并不轻松，他们大多皮肤黝黑，身体强健，靠小费过活，每日难过斗金，可是坐在船上的我特别羡慕他们，他们身上有我千金难换的快乐，那是一种被我丢失又想寻找回来的东西。并非另有新欢或喜新厌旧，是一段摇摆不定的态度让我迷失了方向，试过调试自己用各种方式来适应或者取悦，却怕到最后自己已经不再认得自己，一起走过最煎熬的非典开播，却难守患难之后的幸福，只剩遗憾。或许错不在我们，只是时间让你我进入了完全不同的河流。长假复工后的第一天，我把信放在了总监的办公桌上。

人生不过是一场体验之旅，万事皆围城，城里城外的人若试着换位思考，或许很多冲逃计划都要被搁浅了。给小钟打电话，在快要离开八楼直播室的最后一夜，他背着吉他穿城而来，我们在不眠之夜大声唱歌，我说有人一起唱歌总好过一个人大哭。事实上，最后的最后很平静，像是和一个多年相守朋友互道珍重，从此，相望于江湖。

四

在马尼拉国际机场我曾经偶遇过一个美国的转机先生，他滞留于此已逾数月，一台电脑、几本书和一个旅行包是他的全部家当，看他在转机大厅阅读、上网、散步、洗漱、吃东西、晾晒衣物，自得其乐似乎并不担心现在也毫不恐惧未来。这让我想起青山七惠小说里拥有自由职业的主人公，想到了我自己。一个一无所有独自上路的旅人，制定行程管理时间，懂得收纳善于打扫，自己动手丰衣足食，这些可能都是他的必要技能。

当你抛弃一切，抛弃别人的趋之若鹜，一切也就抛弃了你，日子开始变得安静起来，没有拥挤的一号线，没有午夜的长安街，布景不再更迭，被连根拔起几乎全部收走，患得患失不见了，蜂鸣的手机沉默了，热络的朋友消失了，一切都简单了，日子只剩下生活，只剩下你一个人，只有这个时候，一切真才会显现出来，像是退潮后的沙滩，不再拥有海浪的声讨和庇护。这是了解自己的最好时刻，手捧着自己，也就知道了用何种方式面对这个世界。没有人可以勇敢离开，如果心中没有绝望；没有人可以独自上路，如果没有心怀恐惧；没有人可以在深夜奔跑，如果没有与心魔握手言和；没有人可以真正快乐，如果没有与自己赤诚相见。当你和自己告别，就是在和自己相遇。

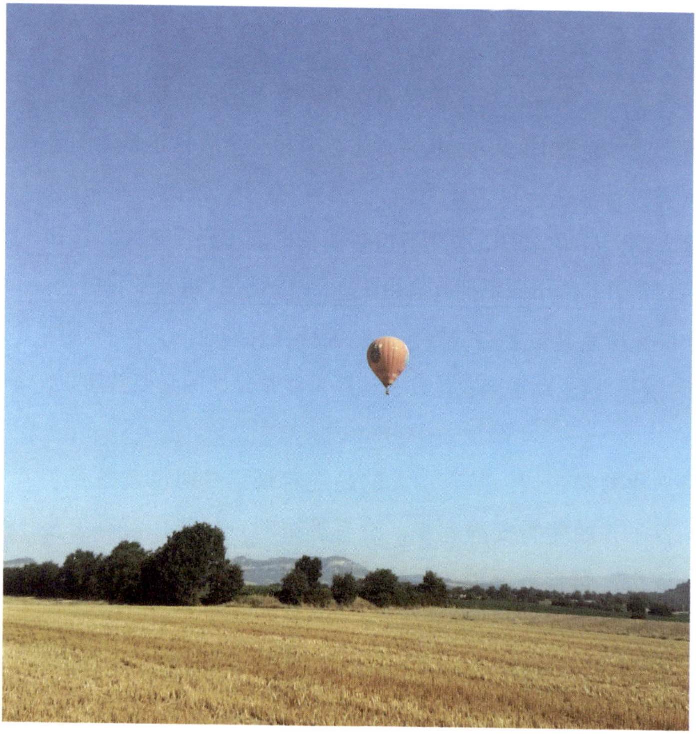

我开始在深夜跑步，在附近的大学操场上，在一圈圈的行进中观察自己，在呼吸急促、心跳剧烈、口干舌燥的不适中观察自己，在筋疲力尽缓慢下来之前观察自己，在不设终点一米一万年的跋涉中观察自己。我需要用这样的方式和自己好好谈谈，不知道自己要什么，却始终确定自己不要什么，试着习惯并享受所有的改变，让自己回归到自己想要的生活里。总是会想起一句不知道在哪里见过的话，“疑问时遵循你的心，即使错了也不会后悔”。以心为坐标，总会走到自己想去的地方。

家人电话中的语气开始变得小心翼翼，嘘寒问暖中带着些许试探，在我离开了各种性质的公司文化与办公室政治而持续裸辞的日子里。我把自己正在忙碌的事情尽可能详细地表达清楚，以便让家人放心我在不上班的日子，以怎样的姿态与这个世界对接。耐心细致地打扫房间，拒绝可有可无的邀约，把束之高阁的书籍或衣服送人或寄走，好像我又重新和生活站在了一起。人生标签持续更迭，在艺术展上参展也做独立个人展览，为国外教育机构购买媒体也为本土艺术家选择媒体，做旅游节目出镜主持人也做瑜伽馆的赚钱管家。一路偏离轨道，偏离别人的预期，甚至偏离自己的设定，我试着去了解，和倔强的自己握手，试着原谅别人也原谅自己，试着去理解那些我曾为之苦恼的事情，因为认同了别人的奇怪也就原谅了自己的不同。仿佛一切又回到了 1998 年的那个夏天，在不同的角色间奔跑、感受、扮演、痛苦或享受着，不同的是内心的一切似乎更加圆融。

2010 年圣诞节，美树夫妇、Nico 和我坐在六楼的老屋里，植树在给海外的听友打录音电话，美丽和我在包装一整年的柔崽 SOUND 新年礼包兼顾淘宝客服，Nico 在填写快递单然后贴封包裹，房间里不大的区域里堆满了那一整年制作的柔崽，印厂送来的明信片还有包装礼物要用的丝带和包装纸，我只是觉得这些年过得真快。

很想给年近古稀的 Peter Weir 写封信，问问他最近好不好，是住在悉尼还是洛杉矶，如果邀请他执导《*The Truman Show*》续集，他会安排 Truman Burbank 如何度过生命里的每一天，在与人群不同的方向里 Truman 是否找到了真实的自己，又如何让自己在释然与惬意中生活。但你知道，每个故事都不具参照性，因为每个人都是完全不同的自己。

2013年3月，印度Udaipur，站在城市宫殿的顶端可以将白色之城的错落景致尽收眼底，坐在解放卡车里的小男孩经过漫长的迁徙终于来到了当年父亲一般的年纪，此刻他深深懂得，若前路尚有惊喜，必然有更好的自己。

234

每个人都用一双眼看着周遭的世界

有时
眼睛后面是心

有时
眼睛后面是尺

每个人都曾有对未来的幻想

有时
未来就是某天

有时
未来就是闪念

某天

有没有这样的一个人生时刻，一个秋天的下午你刚好无所事事，或者其实也有邀约，但是你并不想赶赴任何一个场所去见任何一个人。午饭的时候你煮了面，清淡、易饱，你觉得这样挺好。之后，开始认真地打扫厨房，擦拭灶台和所有那些不见天日的角落，到最后厨房干净的程度，借用朋友的话说，“像被舔过一样”，你喜欢厨房这个样子，就像不曾被使用过，崭新得宛若处子。

你想起吉本芭娜娜有一本书叫《厨房》，当中有一个女子叫美影，她说在这个世界上她最喜欢的地方就是厨房，无论它在哪里，是怎样的，只要是厨房，是做饭的地方，她就

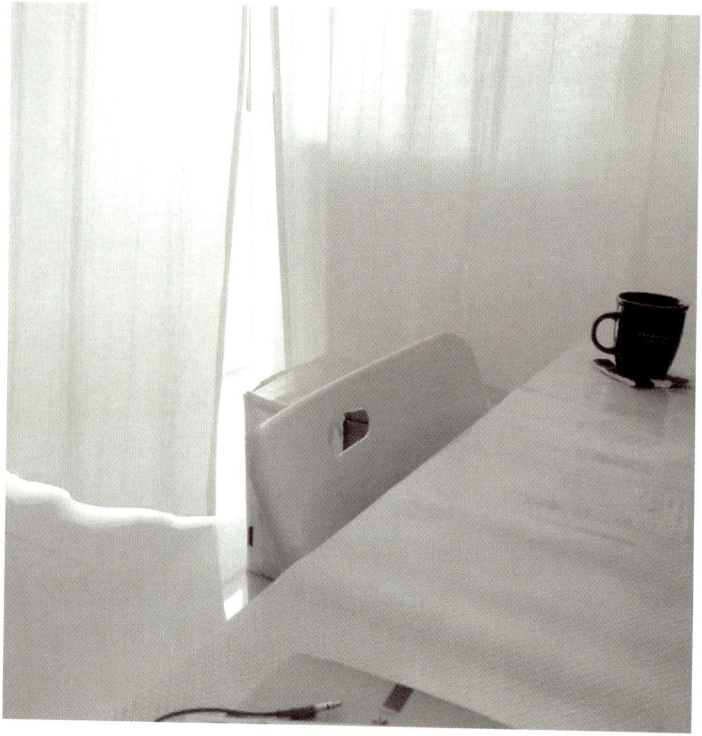

不会感到难过。你看了看自己的双手，有点泛白起皱的样子，但是并不冰冷。窗台上，有一罐红茶，那是一对很久不见的朋友上次见面时送给你的。你打开火，烧上水，想就在这样一个下午给自己来一杯红茶，晒晒太阳，寻找一下久违的惬意。

坐在客厅的沙发上，透过厨房透明的阻隔，看到炉火奔腾，水汽一点点从一个小孔当中奔涌而出，阳光透过狭小的玻璃窗照在你的脸上。你恍然想起早晨到现在都一直没有洗脸，你站起来停了一秒钟又坐在沙发上，沙发有点硬不是你一直都想要的那种，那种可以深陷其中的柔软。你坐在沙发上的姿势也有点僵，没有去洗脸是你觉得不需要见什么人，就这么素面也挺好的，反正你藏在喧嚣的暗处，不需要被琳琅满目打扰。

火上的水开始沸腾、鸣叫，你站起来关掉火，炉灶上的一圈灶具通红得像要被熔化掉了，你把泡在热水中的马克杯用清水冲净，将铁罐当中的红茶轻轻地倒落在杯中，用一块棉布垫在锅的把柄上，将热水倒入杯中，细碎的红茶沫儿在瞬间开始翻腾、坠落，杯子有些烫手，你拿着它站在窗前。窗外的狂风当中隐约可以听得到篮球的落地声，你循声望去，远处的空地上一个少年正一次次地将球投向篮框，篮球触及篮板弹回来或者被少年接住，或者被再次投出。风中的少年一直在奔跑，一个人却并不孤单。

风太大了，从窗户和门的缝隙冲进来，发出呜呜的声音，你走过狭长的客厅走到房间的另一边，那里有一大面窗，阳光正直射窗台，留下一个很灿烂的角落，你坐在那一片光晕之中将额头抵住窗户。十二楼，十二楼是一个不高不低的位置，不会觉得太低感到吵闹烦躁，也不会因为太高而显得眩晕无比，这应该是一个与周围的人或者这个城市相处非常安全的距离。

你突然想到父亲，想到他每日的起居生活，想到一个人老去之后的活动空间，想到他们曾有的快乐和如今的淡然。就像你刚刚搬到这里的时候，你一直以为这一层只有你这一户居民，直到有一个周末的上午听到一阵寒暄声，透过门镜看到邻居家进进出出的场景，你才知道原来平时比邻而居的是两位留守老人，只有在周末和节假日才会有儿女晚辈前来探望，在那之后你开始注意家里音乐的音量，开始留意门口的垃圾和每日烟道当中定时飘来的饭菜香。这是都市人特有的打招呼的方式吗？

当生活的琐碎开始成为每天全部的内容，就像是一个贴在地板上用牙刷做清洁的男子，造型很难拿，也许不会被理解，但是乐得逍遥自在。狂风卷走落叶，扬起灰尘也带走云彩，阳光直射的力度像是一个已近更年期却极力证明自己还在青春期的中年人。你贴在窗边，瞬间想起很多过往的情景，年少的时候第一次低血糖在窗边跌落下来。那一年，你和他两个人躲在窗帘背后的夜晚，看窗外的星空，还有你或许永远都不会见到的窗外的风景，无数次曾经在梦中出现。

你突然发现自己和以前开始变得不一样了，很多时候当久未见面的朋友说你的变化时，你总是在极力地反对，但这一次，你却想极力地向别人证明你确实有很大的变化，对于生活，对于未来，也对于朋友的态度。从一个很小的细节说，以前你总是喜欢和别人分享，总是迫不及待地把一些知道的事情告诉别人，而如今你却变得沉默，像是窗外的狂风，带走的是那些风景，而留下的却是一个寒冷的冬。

站在不同的楼层
看这个城市

她说房子租出去了

三层的窗外绿树成荫

十层对面的玻璃幕墙上满是白云的剪影

十五层楼下的中学篮球场上 几个少年正在跳跃

五层的阿姨没有给我们开门

旧居寻访记

推开一零一的门，一个清瘦的中年男子，素色衬衫，身边是一个小女孩，五六岁的样子。我和Lynn赶到的时候，天色已黑，霞光里路灯昏黄，偶尔有人骑车经过，车铃清脆叮叮当当。找了几个人问路，终于找到了一单元的入口。从外面看一楼的住户，屋内的灯都亮着，透出暖暖的家一样的光，看上去很新的样子。我看了一眼Lynn，心想不会这么好吧，看她的表情似乎也不太相信这么顺利就能租到心仪的房子。

这是一套三居室东西向的老宅，房东郭先生说这是他们单位分的房子，还是当年他和妻子结婚时装修的，不过去年因为工作的关系，他去了韩国首尔大学教书，和家人聚少离多，平时郭太太带着两个孩子在师大附近租了个一居室，所以这个三居空了一段时间，就想不如租出去补贴家用。虽然是老式的装修，但房间打扫得很干净，三个卧室差不多大，统一的木地板，西向的卧室外接有一个阳台。每个房间都有一张双人床，一个简单的写字台，每个房间都配了一个衣柜，客厅里有一对单人沙发，简单中透着温馨。

这是我到达北京的第五周，圣诞节第二天的大雪让我在去公司的公车站等了一小时，看到沙丁鱼罐头一样的公车远远开来的样子，瞬间就放弃了挤进去的想法，最后不得不在路上走了三个小时。到北京后，我一直寄居在 Lynn 合租的小公寓里，在地铁只有一号线和二号线的日子里，东三环内的小公寓也没有太多交通优势。

进入一零一的那一刻，我就已经没有心思看房间的细节了，心里想的就是赶紧谈价钱，合适就租下来。这个房子的干净、整洁和平均布局刚好满足了我们需要三个人合租的需求。为了更好地彼此了解，Lynn 一直在和郭先生聊天，了解他的情况也让他了解我们，为了省去更多的解释，Lynn 从我的弟妹变成了我的表妹，空着的一个房间给即将来北京的表弟。郭先生人也很简单、爽快，签了租房合同，复印了双方复印件，留了电话、银行账号和房间钥匙，就此告别。这里就变成了我到北京后的第一个家。

七年后的一个傍晚，差不多相同的时间，我顺着已经变了样子的霄云路一个人溜达寻找进霞光里。小区内部几乎没什么变化，就是里面的几个小商店变来变去换了样子。不需向任何人问路，我顺利地找到了这个一楼的老宅，透过刚刚亮起的路灯观望一层楼里面的样子，房间内没有亮灯，窗帘似乎没有变。站在一零一门口，轻轻敲了敲门，无人应答，可能家里的人还没有下班吧。

坐在门口院子里的长椅上，想等等他们吧。可是，等谁呢？那个周末常常一起走去小镇吃冰的人，那个半夜不睡等我送友归家的人，那个一边做饭一边看老友记大笑的人，那个接了一通电话就打车来送退烧药的人，还是那个在院子里静静看萤火虫飞的人呢？

推开一零零四的门，跟着身后的中介先生说："怎么样，还满意吗？这是全新的装修，首次出租的，房东是泰国人，本来说买了这个公寓当作投资，后来决定养几年再说。告诉你，这个价钱，这个地段没有比这套性价比更高的了。真正的拎包入住啊！估计你也看了不少套了吧，你说说，你自己说说看了多少套了？""这是第二十套。""怎么样！你自己想想，不需要中介费，不需要物业费，不需要取暖费，房东也根本不会来，直接和我们签约。这公寓闹中取静，交通方便，谁租谁赚啊！”“好了，你别说了，我租了。”

站在十楼的窗口，公寓西面是一片小洋房高高低低的矮屋顶，又一场雪刚过，屋顶上有厚厚的一层，没有风，像是卡布上的奶沫儿。屋里有点冷，中央空调似乎肾虚了，把室内温度设置到最高还是觉得冷。我拉开窗帘，让夕阳全都进来，客厅、卧室满是从西山奔来的余晖。我拿出一卷木纹胶带，站在椅子上，从上到下、从左到右一丝不苟地将窗户的缝隙贴好。云层在一览无余的西窗前，变换着各种姿态特别壮观，这是适合发呆的半岛公寓。

有点饿了就去楼下的711觅食，半夜刚到的芝士蛋糕和熬煮了一晚上的好炖都是此刻不错的选择，或者夏天的夜晚直接来瓶啤酒坐在路边，看看会不会有人拿你当兄弟。下午太阳好的时候，可以走路去法盟看一场免费电影，或者就在阅览室写写字听听歌，读图阅览法国杂志。也可以去塞万提斯学院看个展览，或者听一场西班牙吉他演奏，类似这样经济实惠的项目还有楼下的理发店，好而不贵。

只要在晚上九点之前回到公寓，一切都不会显得有什么不同。夜晚，是这里最汹涌的时刻，此消彼长的浪潮一刻不停地拍打着每一个经过的人，潮水中带着一股腥咸的气息。

过了凌晨四点，诱惑的街进入最佳换景时间，排队的出租车不见了，几个麻辣烫排档不见了，大声叫嚷、酒过三巡、左拥右抱或花枝乱颤全都不见了，一切奔腾的喧嚣和喘息的暧昧在第一缕晨曦来临前悄无声息地退去了。当阳光从东三环再次冲过来时，只有拉着小轮车疾步赶赴早市的阿姨们悄然走过，一切寂静、无声，像什么都没有发生过。

十点整，有人敲门。打开门，中介先生的样子恍如一年之前。“都收拾好啦？哎呀，你不租这太可惜了，虽然房租是涨了一千块，但你也知道这个地段这个性价比，真的没得挑的。不过，这房子你住得够仔细啊，这完全和租给你的时候一样啊，这样就好办了，我也好继续往外租。搬去哪里了啊？还是一个人住吗？”

“好了，你别说了，签字退押金吧。”

推开六零三的门，我已经气喘不止了，好久不爬楼，生怕骑黄色机车的中介先生和我这动静惊扰到邻居。房东太太很温和，说话声音不高，她说这房子本来是买了装修好给父母的，但因为楼层高父母年纪大了确实不方便，所以就打算先租出去。黝黑的中介先生不多说话，房东太太说什么，他就在旁边点头称是。房东太太说：“这楼里住的都是以前煤炭部的老干部，特别安静。”“是啊，是啊。”“我们家就住前面的小区，如果你们这边有什么需要修理或者更换告诉我们，我们找人也很方便的。”“是啊，是啊。”“我和我先生平时工作都比较忙，特别是从国外留学回来之后这些年，事业也都在上升期，父母和我们住也能帮我们解决一些实际的问题。”“是啊，是啊。”

租房小组里找来的一对搬家夫妇，用一辆小面包车很麻利地把全部家当搬来，只是夫妇二人因为搬了很多书上六层楼小有抱怨。临走的时候，我让他们带走了屋里一套餐桌椅和一个玻璃茶几，那应该是房东夫妇为了把房子租出去临时配来的家具，虽然是全新的却是属于不好看也不好用的那种。

早晨半梦半醒中，听到学校教导主任在大喇叭里说一周安排，瞬间惊醒。我迷迷糊糊站在狭窄的客厅窗边看楼下，一所学校呈现眼前，学生们身穿统一的校服正按班级列队，主席台上果然有一个中年女子正在讲话。我跌坐在沙发上，看着窗明几净的新居，环绕操场的大杨树，不断向天空疯长，透过窗户刚好可以看到蔓延的新芽，像极了森林的边缘。

听到敲门声，打开看到一个爷爷站在门口，自称是三楼的邻居，说这两天市政供暖家里一直不热，问了原因才知道是需要来六楼放净暖器中的废水。狭小的卫生间里，带着铁锈的水喷涌而出，爷爷心满意足地下楼了。回到工作台前，台面上是满满的栾惪 SOUND 新年礼包，我打开电脑，又拿了一摞快递单，开始逐一填写。

推开一扇又一扇门，不厌其烦或满怀期待地进出电梯，上楼、下楼，站在不同朝向的窗口前看窗内外，看这个城市在这个世界的样子。我的旧居是谁的新居，我的新居又在哪里？

推开五零三的门。嘿，我回来了。

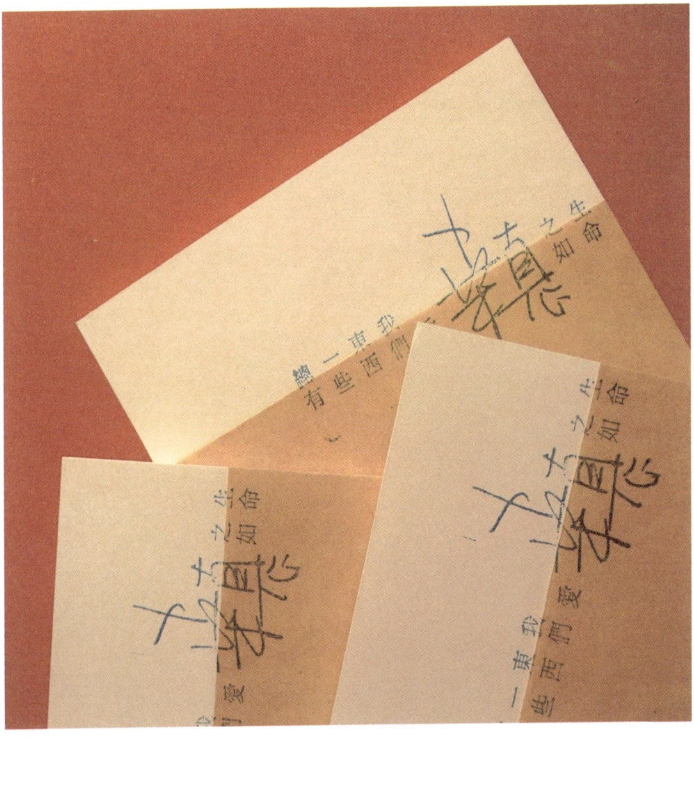

你

在哪里呢

一切可安好

我一无所有地漂泊

那天我在家，在看一部叫《带我去远方》的电影，忽然被一通电话打断，快递公司说有一份快递在楼下等待我签收，到楼下发现有大大小小的十三支箱子，堆得像小山一样，这才想起是朋友从另外一座城市寄来的，打算先寄存在我这里，春节之后他就要来北京发展了。现代城市人的流浪，居然是以这样的方式开始的，快递自己的家到另外一座城市。

人们生活在城市里，也生活在一座又一座孤独的城堡里。工作的城堡、家庭的城堡、情感的城堡、行走的城堡。在工作的城堡里，你和朝九晚五的同事，有的时候亲如手足，有的时候形如陌路。在家庭的城堡里，或许你偶尔还会怀念一下一个人的时光。行走的城堡当中，地铁、公车，那些熟悉的陌生人，每天都会见面。我们在不同的城堡里流浪，也在不同的城堡里思考自己的人生。

关于流浪的定义，有些地方说，是生活没有着落、到处漂泊，印象当中那些几近疯狂的诗人，他们最理想的生活状态应该就是流浪吧。前一段时间，一直在地铁当中读一本叫《蓝房子》的书，作者是诗人北岛。从 1989 年至 1995 年，六年的时间当中北岛换了七个国家十五个住处，除去特殊原因，我也终能理解，他为什么会那么喜欢秘鲁诗人 Cesar Vallejo 的诗句：我一无所有地漂泊。

旅行或者流浪都是一种生活方式，一个旅行者的生活总是处在出发和抵达之间，从哪里来到哪里去都无所谓，重要的是持一种未知态度，在那一段漂泊的生活当中，去把握自己。

见到他是多年前的夏天，为此我还求证了电脑中存留的那张照片，2007 年 7 月。那段时间我刚好从中央台辞职在家，参加了一个声音团队的研究工作，整个夏天都在芳草地一带做各种各样的声音采集。那天我们的团队在万圣书园开会之后，从书店出来我在等我的同伴。说实话他从远处走来的时候，我是下意识地举起了相机，他貌似随意的装扮，他骨瘦

如柴的样子，还有不经意间的眼神，仿佛我能够体会到他流浪的日子当中许多不能言说的故事，而他左手夹抱着的那一件军大衣，或许是他全部的家当。

这是我与城市中流浪汉的一次偶遇，他抛弃了他生活和生长的城市去往陌生的土地，甚至在不同的地方寻找真正的自己。不论是留学海外，还是去往另外一座城市发展，离开家庭、自力更生、居无定所，这三个流浪者的必要条件，这些人仿佛都是符合的。

当他还是一个学生的时候，他时常利用假期在很多地方游走，比如拉丁美洲。时间停留在 1950 年的 1 月份和 2 月份，他游历了阿根廷北部的十二个省，走过了大概四千多公里的路程。1951 年的时候，他在好朋友药剂师阿尔贝托·格拉纳多的建议之下，决定休学一年的时间来环游整个南美洲，而他们的交通工具只有一辆 1939 年生产的 Norton 摩托车。他们在 1951 年 12 月 29 日出发，计划的线路是沿着安第斯山脉穿越整个南美洲，经过阿根廷、智利、秘鲁、哥伦比亚，到达委内瑞拉。在离开家八个月之后，他乘坐飞机回到了阿根廷，他在自己的日记当中写道：写下这些日记的人，再重新踏上阿根廷的土地时，就已经死去。我，已经不再是我。后来他在旅行当中的所有日记被集结成册出版，并依次在 2004 年拍摄成电影《摩托车日记》。他，就是切·格瓦拉。

六十多年前，二十三岁的格瓦拉用了整整一年的时间休学行走四方，结果这一年的行走改变了他后来的人生。四十多年前，在英国也刚好有两个年轻人，在大学毕业之后进入社会之前，离开伦敦开始了一次探险之旅，他们的旅程穿越了欧亚大陆，并在一年之后抵达澳大利亚。在澳大利亚，为了能够满足他们继续行走的目的，他们决定出版一本旅行手册，后来旅行手册出现了不同国家不同地区的版本，也成为了如今世界背包客的圣经，他们就是 Lonely Planet 创始人惠勒夫妇。

流浪在某种程度上，变异为现代城市人的旅行行为。在一年当中，他们用自己休假的时间，或者付出辞职的代价去自己向往的城市、国家流浪数日。关于流浪汉的故事，其实并没有结束。有天，我又一次到芳草地补录声音，从一个便利店出来，看到他刚好在街对面的长椅上，闭目养神晒太阳。我转回到小店中买了一瓶水，走过马路轻轻地放在他的身边，离开时他刚好睁开眼，看到我放水在他身边有点诧异。我指了指水，又指了指嘴，示意他要喝水的样子。再回头看他的时候，在阳光下，他笑得特别开心。

如果在流浪的旅途当中，有陌生人给了你一瓶水，你会接受吗？流浪其实是可遇而不可求的，但是对于那些期待已久的无比澎湃的旅行我们却一直心存幻想。对于那些陌生的城市，陌生的人，总是觉得会有些什么在旅行的过程中发生，即便是每天在城市当中的旅行。

或许对雄一来说，那一场澎湃的旅行就是和从未谋面的青猫看一场关于莉莉周的演唱会，舞台之下或许你也曾经欢笑或者哭泣着看完一场偶像的演出，舞台之上演出过后，或许你也曾在后台落寞无比。即便是上万人的演出，即便是再好的朋友，有的人生时刻还是需要一个人去面对的。一个人的旅行没有想象当中那么孤独无助，无数先行者早已破门而出，他们在旅行当中收获了很多他们意想不到的惊喜，尽管有的人还在踌躇，或者一辈子都在思考是否要开始这样一段独自的旅行，但是有的人生际遇是由不得你选择的。就像有一天你驾驶的飞机出现了故障，迫降在撒哈拉沙漠，你知道你会遇到什么吗？

小王子来自B612小星球，他是那个星球上唯一的居民，他离开了自己的星球和所爱的玫瑰花，开始独自在宇宙旅行。在旅行中他遇见狐狸、玫瑰、蛇、土耳其天文学家、国王、爱虚荣的人、酒鬼、商人、点灯人、地理学家、扳道工、商贩、只有三枚花瓣的沙漠花，以及玫瑰园，你向往这样的旅行吗？或许在你独自上路的过程中，这些都早已经在某一个地方等待着你，你需要用你的智慧、用你的心，去判断你所遇到的一切。

她一直很喜欢小王子，所以那一年生日的时候，我送了她一盏小王子灯。每年五一的时候，她都会骑上一天的车，去两百公里外的城市看一个朋友。那一次的草原音乐节，她也是骑车去看的。她一直都是小小的样子，很难想象她骑车在路上狂奔的样子，我们约定希望某一天可以一起骑车去某个地方。失去联系很久了，直到那天公司发了一款新的耳机，让我再一次想起了她。第一次看到别人用那款折叠耳机，是很多年前的一个音乐节上第一次见到她时，她背一个很大的包，比她还要高，头上就是戴着那一款耳机。1 月份的时候，我换了新的台历，桌上的老台历我没有扔掉而是放在了抽屉里，那是她拍的很多照片制作而成的一个小小的台历，在收台历的时候，看到她在底下居然写了一句话——

古人说，读万卷书行万里路。或许每个人都曾经有过仗剑天涯的梦想，也有些人是因为一次机缘巧合的远行，从此就喜欢上了用行走的方式去体会人生。

我们无法预期自己的旅行，就像我们无法预期自己的人生，遇见谁，又去向何方。

不管什么时候
我上路旅行都是为了说再见
苏州·韩格格

如果没有归途

忘了是谁提议要去印度，或者并不全是因为少年Pi，不全是因为小时候看过的那些印度歌舞片，不全是因为《穿越大吉岭》和妹尾河童的书，但好多原因放在一起，就变成了一个最终决定的理由。

阿耀担负了大部分行前准备工作，制定线路行程，办签证，订机票、车票，这是旅行的一部分，是让旅行增味不可或缺的环节。其实旅伴也是可遇而不可求的，在未知的旅程中，会将一个人最本质的心性绽放开来，等待在更大的世界中逐一判定。

了解了印度的概况，也明了这个国家最吸引人的部分，于是首次印度之旅的行走范围就圈定在北印度的若干区域中，各种毁誉参半的传说早已将这里描述得无比诱人，像是一个极具争议的菜肴等待每一个身临其境的人亲自品尝。

श्रीगुरुसुखा केन जाग लीया

स काल राम रदाइवना जगोपाल

चणाउपर पचची आपने आर्या

माचाल केशांचरीया आर आप

शिवलीणाकसा ? गावा घंसीसो

णाकसा पुच गया चु: कुन्डी २००० ली

पु: सीकाल डोनी पु: माल आरही

णा देरासाहलु पु: चारण आरहाय

साख्यबच देवा नीचीपाडी डेपा

णा चणाचाल आर भात मला पु:

णाणाल १०० चा भाव आयापु:

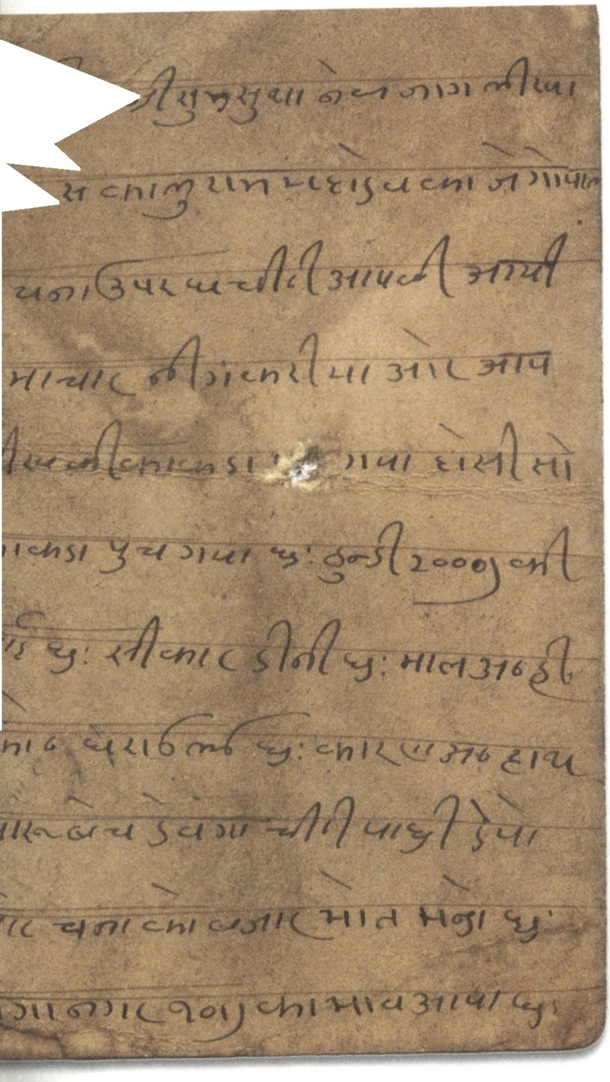

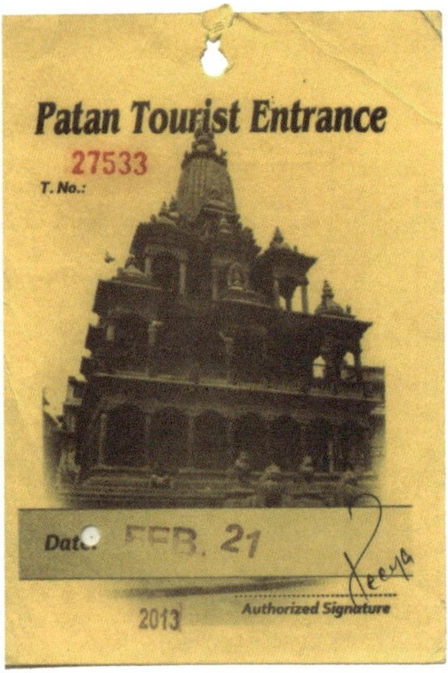
Patan Tourist Entrance
27533
T. No.:
Date: FEB. 21
2013
Authorized Signature

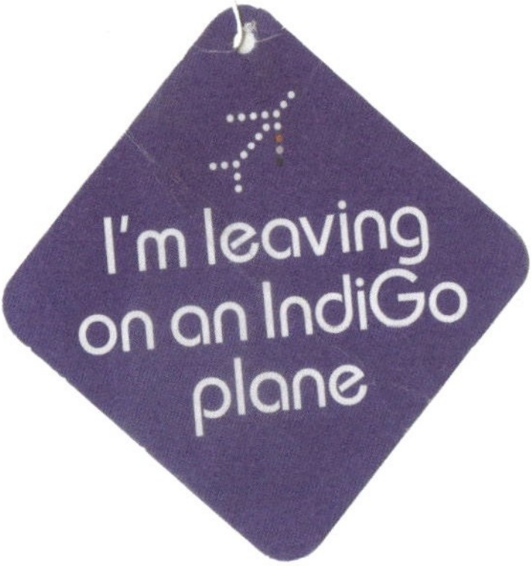
I'm leaving
on an IndiGo
plane

Farooque
+ 91 88903 07482
Imran
+ 91 88903 66857
+ 91 90244 53943
BABA
Haweli Guest House & Rooftop Restaurant
Near Clock Tower, Solanki Dairy, Umaid Chowk, Jodhpur (Raj.) India
e mail : imbaba857@gmail.com

054 3885
পশ্চিমবঙ্গ ভূতল
পরিবহণ নিগম
৪০ টাকা
W.B.S.T.C.
হস্তান্তর নিষিদ্ধ
Rs.
40.00
Not Transferable

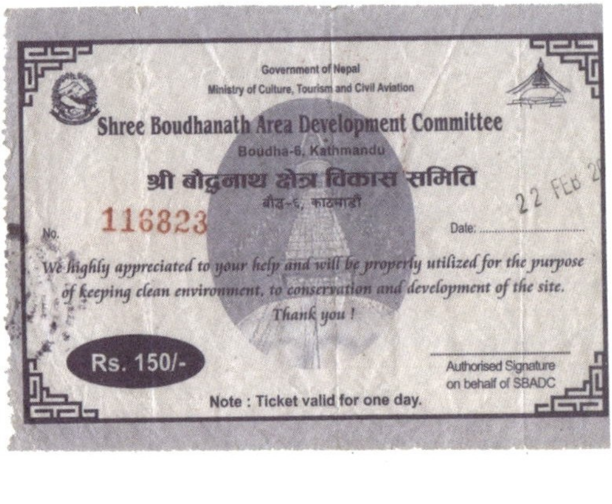
Government of Nepal
Ministry of Culture, Tourism and Civil Aviation
Shree Boudhanath Area Development Committee
Boudha-6, Kathmandu
श्री बौद्धनाथ क्षेत्र विकास समिति
बौद्ध-६, काठमाडौं
No. 116823
Date: 22 FEB 20
We highly appreciated to your help and will be properly utilized for the purpose of keeping clean environment, to conservation and development of the site.
Thank you !
Rs. 150/-
Authorised Signature
on behalf of SBADC
Note : Ticket valid for one day.

RST No. : 1508/08084/-/JSM
TIN No. : 08292500083

CASH/CREDIT MEMO
VAT INVOICE

Ph. : 02992-251586
M. : 9414149496

MONICA RESTAURANT

Asni Road, Jaisalmer-345001

Bill No. 6265

Date : 9/3/13

Shri.........

Particulars	Vat 15%	Vat 5%
2 Coke	40-00	
1 Veg chowmin		130—
1 Veg fry Rice		130—
1 Egg curry		75—
Total	40.00	335-00
Vat	6-00	17-00
G. Total		398-00
Net Amount		

Sig. Customer

Sig. Manager

345
RV 8
MINI
VB11B
3734
7/-

时针未到四点，无所事事地在家里打转。旅行包早已整理完毕，房间打扫干净，花再次浇水，调低暖气温度，电源关闭、煤气关闭、热水器关闭、路由器关闭，再次确认路上随身所需物品，又翻出行程单确认了一下飞机起飞的时间，倒计时推算时间足够从容地散步到机场。关好窗，锁好门，进电梯。下楼打车，直奔机场。

久宅在居室里散步，总渴望打探另一种节奏的欲望，算是去别人的世界里寻找自己心中的未知吧。

北京。下午四点的出城方向，道路顺畅，出租车司机在听邓丽君，“也许我们还会有见面的一天，不是吗？”天空在深冬的阴霾中透出一丝早春欲来的新鲜。老候机楼里有一种即将窒息的拥挤，在火车站已经按照机场规模修建的年代，还能把机场当火车站使用的城市估计屈指可数。再大的空间也无法阻止没有秩序概念的杂乱人群，以及没有足够舒服的便利店带来的慌张。或许城市动物只有在出门之后的路上，才能真正面对内心极其渴望安全的自己。不过所谓安全感这事情因人而异千差万别，有时错综复杂，有时简单到一瓶洁净的水就能挽救。

从进入首都机场的那一刻起，阿耀与我的旅行综合症模式就自动开启了。

昆明于我是座陌生城，醒来后的阳光里，去金马坊吃东西，然后乱逛回酒店。习惯了晚睡晚起的阿耀，自然无法在紧迫的旅程中，彻底放松下来，廉价的联程机票停留时间短，算下来也就是几个小时，甚至需要牺牲睡眠时间。同样因为时间短暂，对城市掠夺式的观光也就更加肆虐。这样想，游人有时很可怜，学会选择式观光变成一个尤为重要的过程。不过，这短暂的几小时也足够走一段陌生的路了。

看昆明街头多种多样的植物，北方人像是进了植物园一样欣喜。途中经过老人聚集的地方，看到他们在河边的社区花园跳舞、下棋、聊天、择菜、晒太阳，那是一种南方城市特有的安详的生活气息。试着向路人问路，也都得到异常精细的回答，顿时心生好感。在一座陌生的城市，问路和逛菜市场成为我评判此城纯良舒适度的首选方式。有时与城市相处和与爱人相处无异，一针见血好过一见钟情。

走出尼泊尔 KTM 狭小的航站楼时，阳光正从右前方直射过来，并未看到预想中的场景，没有接机的人举着我的名字。于是我们再次返回再次寻找未果之后，坦然地做自己该做的事情，换钱、买电话卡、打电话联系，偶遇一个英语流利的广东女子，帮助周围购电话卡的中国人做翻译，后来窥到她手持的是一本蓝色护照。总是在一个陌生的语境里，才不得不承认语言是需要不断使用方可升华的工具，当然环境也是一个必要因素。买好电话卡，联系到 Capital FM 的总监，之后便一路顺利了。电台的副总监，开车在机场等了很久，只是走错方向彼此没有遇到。他们邀请我们转天中午去电台参观并在那里做一小时的直播节目，全程英文！

二月二十日 加德满都（KATMANDU） 二十二度 尼泊尔

在喜马拉雅酒店醒来的清晨，听到近处的乌鸦叫混着远处的狗吠，才确定已经身在他乡。一样的清醒时间，却因为时差作祟导致作息变得正常。赤脚走到阳台上，一股温凉气息直冲鼻腔，迎面而来的是远处高低起伏的喜马拉雅雪山，由远及近错落而生的是尼泊尔的百姓人家，或许是因为落地而居的原因，让整个城市失去了一种规划的美，但也正是这样的自然生长才有了眼前别样的景致。

帕坦里加德满都只有一河之隔，可以打车或坐小巴前往，如果不赶时间又有良好的方向感，也可以走路前往。离约定的时间尚早，吃完早餐就打车去了泰米尔。泰米尔与我想象中差别很大，这里也是一派杂乱的气息，这可能就是不喜欢做旅行攻略的致命伤，总期待惊喜最终换来惊讶。泰米尔地区的每条街道几乎都罗列着各式店铺，各种手工品、当地特色产品和旅游纪念品安置其中，土石结合的道路，像

加德满都，四周环山，北以喜玛拉雅山为屏，南向印度洋暖流，海拔1370米，四季如春，气候宜人。

是一下回到了七八十年代的中国县城集市，路况路形及相似的店铺，让首次到访的人很容易迷路。因为紫外线过强，阿耀的脸开始逐渐泛红，他说又痒又痛，像是过敏也像是晒伤。寻找了一路各种遮阳用具，最后血拼了一顶渔夫帽，店家要价一千两百五十尼币，我漫不经心地还了一个三百，店家居然欣然首肯，仅有的一点获胜感瞬间被受骗感取代。

Capital FM 是尼泊尔一家非常成功的商业电台，所在地然狭小、简单，但录音室、直播室、办公室、会议室井然有序，像只麻雀安居在加德满都中心一幢苗条的独栋小楼里。台长和总监都是有很好留学背景的年轻人，和很多城市的商业电台一样，他们在市场取向的压力之下一直坚持着自我认定的审美标准。主持人 Shaguna Shrestha 看上去很老道，完全不像一个十九岁还在读大学的小姑娘，这让我想起了那年和一帮在大学里读书的朋友，一起在天津报考电台的情景，梦的起点都很相似。她说她喜欢在电台工作，但还是会在一年之后去美国深造。Shaguna 邀请阿耀在电台的直播节目里唱歌，我不知道有多少人会在那个时间听到这个节目，至少这一段旋律歌迷住了眼前的小姑娘。

二月二十一日 帕坦（PATAN） 五至二十五度

吃过 Brunch，徒步去帕坦的杜巴广场，整体感觉会比加德满都的好些，但这种鳞次栉比的庙宇风格实在不是我的爱，或许只能在取景器中找到满意的风景，迷路的时候阿耀就拿着地图找当地的学生询问。选择学生也是无奈之举，因为毕竟这里的英语普及度可能远不及印度。戴着帽子和口罩的他，从远处看很像一个从医院逃跑的病患儿。后来，索性在帕坦闲逛、乱走，坐在路边观察当地人的生活，路上满是扬尘来去的摩托车，小摊贩在游客聚集区兜售的大多是中国制造的商品。

在很多事物的判断上阿耀和我还算相像，这样不会在一些选择的档口产生争执，没有特别安排的日子就放心地睡个懒觉，不需要赶时间去任何景点，拿出一副誓把他乡当故乡的架势。阿耀迷上了当地电视台循环播出的神话剧，对着听不懂的语言和各式装扮成象神或其他神灵的男女，能一直研究很久。

偶遇了一家超市，像是遇到了期盼已久的安全感，买了不锈钢饭盒和筷子，留在路上泡面用，也因此有了点旅行的感觉。坐在超市门口晒太阳，抽烟，吃冰棍儿，胡思乱想。旅行对我来说，就是过当地人的日子，所以不一定要穷游，但应该不是每天住在酒店里，那种不和人民群众打成一片的方式，不太适合我了。

在乱逛中摸熟地形之后，这两天基本以步行或乘迷你巴士的方式出行，虽然加德满都或者帕坦都没有什么大城市景象，也不是值得散步的好地方，但就在这样的寻找和迷失间总能

帕坦，古称拉利特普尔

Lalitpur，意为"艺术之城"

发现此地的迷人之处。迷你巴士和国内很多地方的小巴很像，有一个猴子一样善于攀爬的人挂在上下车门的地方招揽生意，招手即停，乘坐两三次便能了解当地人的价格了，要点是仔细观察其他乘客的资费，或者干脆直接问问旁边的人就好。因为要赶去下一城，所以乱逛之中阿耀也咨询了很多旅行社的路程资费，然后选出最终的方式是直接杀到车站现场购票，以减少中间加价的环节。

当然旅行也不能完全由乱走替代，就像超市不能给你全部安全感一样，一定有一些美景在某个地方执着地等你。在酒店的路边搭小巴到王后水池南侧，再步行到北侧，然后换乘去BOUDHANATH 的迷你巴士，就能去看尼泊尔最大的佛塔了。

佛塔虽然被安置在小镇的闹市，却没有杜巴广场的拥挤和杂乱，这让佛塔陡增了一种无形的神秘感。走在众多虔诚的朝圣信徒中间，沿佛塔顺时针步行，学着他们的样子转动经筒，想象着自己也是他们中的一份子，便也有了一种莫名的仪式感，在几个专门的区域，有信徒虔诚地行跪拜大礼。一队队身穿校服的小学生被老师带领着参观佛塔，和他们一起仔细观察土、水、火、风、天在佛塔上的位置，看彩色的经幡在头顶随风而动。走累了就躲在 ARIYA 临窗的位置喝咖啡，像躲在一个漂泊的帆船里窥探大海的广漠。

停留在加德满都的最后一夜，把闹钟设定在早晨五点半，一夜睡睡醒醒，不踏实。六点半的酒店大堂灯光昏暗，早餐在半小时后才能到达，只好饿着肚子退房出门。阿耀更是整个过程似乎都没有醒来，在昏暗的路边拦了辆去王后水池的小巴，下了车背着行李往泰米尔的方向步行。早晨七点的加德满都，没有汹涌的早高峰，却有同样匆忙的节奏，早起的人一定有必须早起的原因，阳光正透过围栏一点点地渗进王后水池，很多在户外露宿的人此刻正悄无声息地混入匆忙的人群中。

远远的在尚未到达泰米尔的路边，看到停着若干辆前往博卡拉的大巴，问了下价格，第一辆五百尼币，比昨天在泰米尔问到的所有价格都低，看着车况还不错的样子，也就没有继续问其他车辆，直接买票上车。坐在大巴倒数第二排的位置一路颠簸，想到还要这样颠八小时，有种想死的冲动。想起几年前在斯里兰卡，路上的大巴车没有车门，没有座位就干脆席地而坐，却因为不错的路况而心情愉悦。这一次因为是山路，不仅盘旋而且路况不佳，还好每隔两个小时，车会停在一处天然放水站，大家面对大自然浇花施肥放放水，然后溜达几分钟舒展腰身，暂缓一下旅途的劳顿。所以这样下来，感觉不像是长途跋涉，倒像是走走停停一路晃到了博卡拉。看来把煎熬分段，痛苦就没那么苦了。

二月二十四 博卡拉（POKHARA）

清晨的博卡拉，有山区的阴冷和湖区的潮湿，等日上三竿就迎来了这里最美的时光。很多欧美背包客喜欢来这里爬山、滑翔，或者干脆就在小镇上住着，每天泡在咖啡馆里聊天、唱歌、写东西，让这里颇有点嬉皮小镇的感觉，尼泊尔人称这里是人间天堂。

一早迫不及待地搬到一个有漂亮花园的住处,房间也舒服很多。前一夜因为旅途劳顿，我们随便找了一个住处，阴冷得让人实在无法继续留宿。在花园房简单整理之后，出门坐路边招手即停的小巴，去博卡拉新城寻找传说中的豪华超市寻求安慰。

在正午前迅速返回，趁着大太阳洗澡洗衣服，并把所有需要阳光的物件拿到楼顶的露台上晾晒。站在住处的阳台上欣赏院子里被精心设计、修剪过的满园春色，对面山上的世界和平塔清晰可见，近处的费瓦湖水静谧宜人，坐在楼上的绿荫走廊里看书、抽烟、吃水果，或者哪怕只是发发呆，都能感到一种安静到不真实的美，感觉这里算是个适合隐居的好地方。看看日历，想起是元宵节，已经出来一周了，给家人打了个电话报平安。

空气湿湿的，天气晴好，两个莽撞人徒步前往世界和平塔，没有向导没有地图，也不知道哪里来的勇气，险些在森林里迷失方向，举目望去人烟全无，顿时脊背发凉。一边观察地上的脚印，辨别太阳的方向，一边和心里的假想魔斗智斗勇，尽量保持着朝一个方向走，最终在高大的树木间偶遇当地的拾柴妇女指引方向，在汗流浃背到达白塔的一瞬百感交集。

赤脚环绕世界和平塔，站在一个全新的高度遥望雪山之巅，雪山南麓正有无数滑翔者撑伞而降，像是阳光下的浮尘悬在空中，五颜六色的映衬着山上的白雪。那一刻，所有路上的惊慌和疲惫都消失不见了。

城市人在旅途常遇纠结，面对心爱的东西不知是去是留，心里来回往复做着最后的挣扎。留下，便是负担；不留，平添遗憾。每当面对此情此景，我就用非常单一的评判标准，若爱就一起天涯。于是，我还是在那个超市买了那个很喜欢的马克杯，其实，杯子没有任何特别，只是和家里的另一只非常相像，太像我的东西了，尽管并不精致。

博卡拉的湖畔生活区，把我心里对尼泊尔的推荐评分稍稍往回拉了拉，只是估计浮躁的人们很难适应这种瞬间减速的怡然自得，散步、遛狗、划船、爬山、养花、晒太阳、喝咖啡、听音乐、弹琴、聊天、发呆，这是一种缓拍的驰放，不是每个人都有幸懂得。离开前的下午，在路边的小店理了个发，立刻更增添了一份尼泊尔 Style。

博卡拉，位于尼泊尔中部喜马拉雅山南面山麓，博卡拉河谷上的城市，海拔900米，河谷基本地形低山丘陵，河谷宽阔平坦

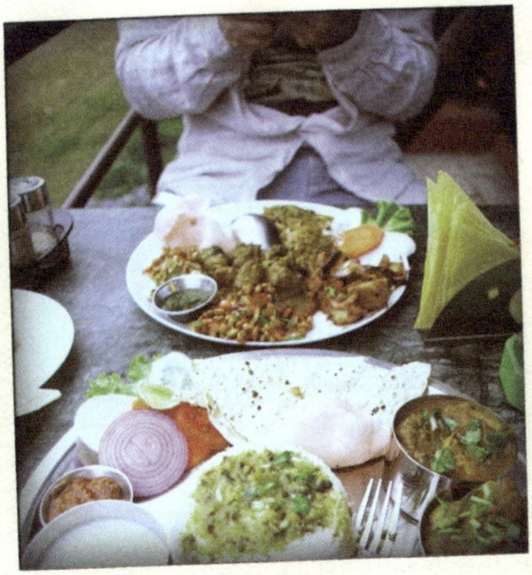

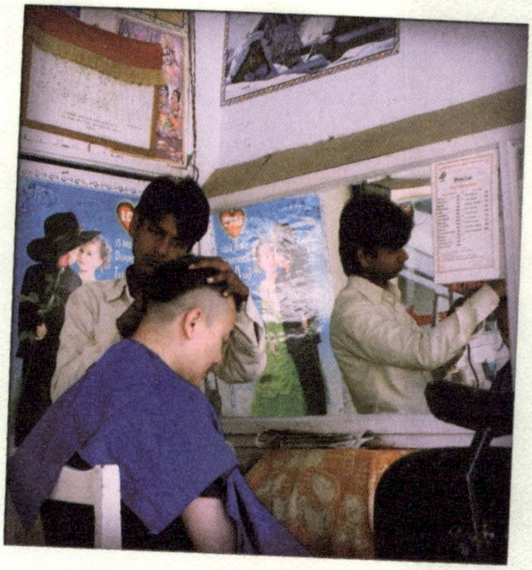

二月二十七日 蓝毗尼（LUMPINI）

挤在去往蓝毗尼的公车上，坐在背靠公车司机的位置，周围被至少四个持娃妇女包围着，无法挪动半寸，每个孩子都有解决不完的状况。在拥挤的没有一丝缝隙的车厢里，看到对面坐最后一排的阿耀旁边坐着一个女生，貌似日本人，穿着当地的长衣长裙，头上包裹着厚重的头巾，漂亮得很矜持，猜想她是要投奔日本寺的。

离开八小时的长途巴士和一小时的短途公车，离开持娃的本地女人和万种风情的女生，终于站在了传说中的蓝毗尼园区门口，我想起朋友说，这一次旅行我们选择的是一条唐僧西游之路。顶着烈日带着一路的劳累背着行李徒步向园区里走，路上有很多不怕人的猴子，很多还在施工中的庙宇。中华寺是典型的传统中国佛教寺庙的样式，有几个区域还在装修，无法留宿。对面的韩国寺一眼望去除了本色的水泥墙便只有沥青黑，后现代感十足。

寺内的下午有一丝渗人的凉意，几乎看不到人，在门口登记后顺利入住东侧西向的一间寺舍，里面有一张长长的铺位，上面如果排满估计能睡七八个人的样子。空空的铺位上，有两个已经打开的被褥，像是已经有人居住的样子。寺舍的最里面是一个卫生间，也全部是清水毛坯的样子，一切简朴到极致。水源的位置很低，蹲着似乎刚好合适。打开水龙头，温凉的水随即流出，在那样的下午特别舒服。

收拾停当已近晚饭时分，我们在寺门外抽烟、喝水，看往来的香客和游人。晚饭时，寺内人气逐渐恢复，寺内的斋饭是粘粘的豆米饭，素炒圆白菜、白萝卜咸菜和咖喱菜花，配有一点点土豆，另外还有豆汤和很清淡的米粥，朴实而有味道。

晚饭之后因为两辆斯里兰卡僧徒及学佛者的到达，韩国寺变得人声鼎沸，他们中大多是中老年，又以妇女居多，其中夹杂着几个身着印度教服的僧人。他们到达后开始打扫、洗衣、生火、做饭，整个寺庙被变换成另一个天地。这里没有奢华的装饰，却有另一番简朴舒适的踏实感，朴素的斋饭、限时无线网络、每天有专人晾晒的被子。对于旅人，足矣。

实在是因为斯僧太过嘈杂，早晨六点刚过便无法入睡了，索性起来到园子里逛逛。早晨的蓝毗尼园像极了国家地理频道中的野生世界，茂密的树林中不知名的鸟类在晨雾升腾的阳光里鸣叫，人烟稀少的道路上猴子们摆出一副园区主人的样子肆无忌惮地追逐跑跳，如果不是一些修葺施工的庙宇，这里就是大自然的修行世界。整个早晨步行两个多小时，走完了不到二分之一个园区。起初到达这里的失望在离开之后都慢慢转化成了一种说不出的想念，特别是那种少见的静心和惬意。

到达苏瑙里的中午，闷热、烦躁，毫无风景可言，除了匆忙过境的车辆行人，就是边境上的贸易团伙。一家家旅馆看过去，是汽车旅馆惯有的长相，肮脏、拥挤、黑暗无光及嘈杂不堪，所有你能想象到的边境风云几乎都在这里暗涌着。在尘土飞扬的路上找了几个小时，几近绝望之下坐着人力三轮返回中转站派洛瓦，准备轻松入住苏瑙里的心情荡然无存，逃生一样离开了边境小镇。临近下午四点，在派洛瓦去苏瑙里的路上终于找到了一家性价比还不错的酒店，躺在相对干净的床上开始想念韩国寺的那一份静心和惬意。而这一天的奔走，噩梦一般地留在苏瑙里，不想再遇见，也不愿再记起。

蓝毗尼是释迦牟尼的诞生地，是世界最重要的宗教圣地之一。

本已经忘记了是何年月，却因为不早不晚要赶在这一天过境，所以便在心里记得这个旅行的节点。在路上的人，似乎很容易将时间变成一个不被反复强调的刻度。就要结束在尼国散步了，想想印象深刻的就是BOUDHANAT的大眼睛、博卡拉的世界和平塔和蓝毗尼的安静了。在派洛瓦吃过Brunch，跳上在路边拦的一辆十五尼币的吉普车过境苏瑙里，一切顺利得让自己都不太相信，再次看到路边那些汽车旅馆，仿佛已经是一个久远的梦了。

在火车站的咨询室偶遇两个中国女孩和一个荷兰女孩，其中一个叫慕晓的中国女孩在韩国寺时似乎打过照面，她们的第一站是瓦拉纳西，和我们刚好反向。荷兰女孩背了一个超过她身高的行囊，包外面挂满了各式必备。

站在印度GORAKHPUR的火车站台上，挤在一群印度人里学着他们的样子寻找自己的车次和铺位，在终于看到SLEEPER车厢的那张打印着自己名字的纸时，整个人一下子轻松了。印度的火车系统有着自己特有的凌乱和缜密，站台上看着杂乱的景象其实都会在火车驶离车站的一刻，变成另一种有条不紊和处变不惊。白天的火车里没有想象中的恐怖，相对宽敞的铺位直接省略了行李架的位置。每个档口左右各有上中下三个位置，对面有上下两个位置，一节车厢共有九个档口，在火车内部都有非常明确的标示，非常容易辨认。特别好的一点是，车票可以提前通过火车系统的官方网站进行预订，不论你是本地人还是外国人。这样对于旅行者来说是一种方便，在内心得到安全感的同时，却也丢失了旅行中的某种乐趣。

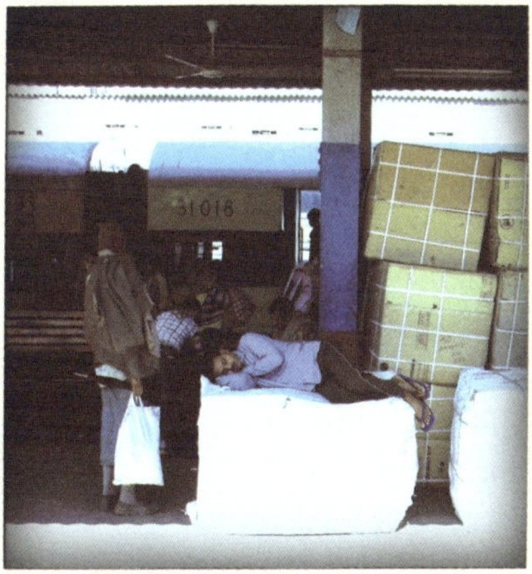

戈拉克普尔，印度北方邦
东北部城市，在拉普蒂河
左岸，交通枢纽，是与尼泊尔
交通联系的中心之一。

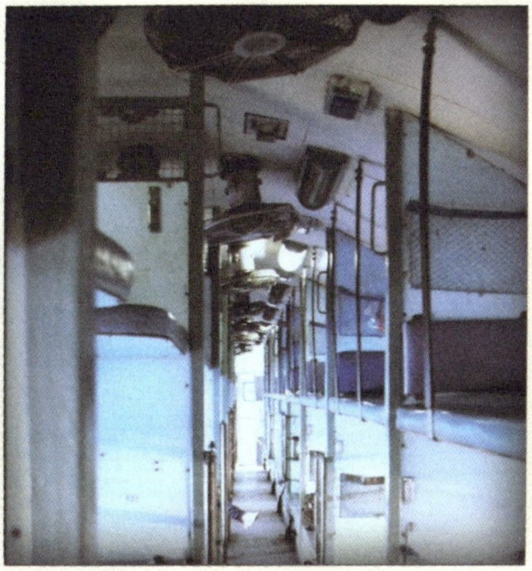

三月二日 新德里（NEW DELHI）

凌晨五点五十，在印度境内乘坐的第一班列车到达了印度首都新德里。

这一夜，似乎比任何一夜都要漫长。在SLEEPER车厢中横七竖八地睡了无数只身体，除了我和阿耀的铺位，几乎每个铺位上都挤了两个人，大多数人彼此陌生。据说这是很平常的事，虽然陌生但会彼此分享水、食物，甚至床位。铺位之间的地上，也睡满了人，夜晚此起彼伏的鼾声很有印度特色。

清晨的新德里，像座空城，完全没有想象中的大城市气息，甚至有一种残落的破败感。可是对于一个经历了空旷的蓝毗尼和噩梦般的苏瑙里，经历了彻夜难眠的颠簸在清晨到达城市的旅人来说，这里意味着各种曾经熟悉的连锁快餐店和便利店，或许这就是某种城市后遗症的征兆吧，那些内心深处对于一些连锁品牌的厌恶和认可。

把厚重的背囊寄存在火车站，按照当地人的样子买了长长的链锁，将行李和寄存处的铁架硬生生地捆绑在一起。按图索骥，一路从新德里火车站找到了CONNAUGHT PLACE，一座英国人留下的城市花园。由于时间尚早，几乎看不到什么人，乌鸦、鸽子、刚清醒的流浪狗，未营业的店铺和偶尔跑过的晨练者，构成了花园里的一切。

城市常常给人错觉，误以为看到的第一眼就是这个城市的全部，其实城市没有错，是旅人太一厢情愿了。因为忽略了周末的原因，站在荒凉里很难想象这里繁华嘈杂的景象。绕着康奈特缓行，终于找到肯德基的时候，发现身上只有一百二十卢比，而所有的 MONEY CHANGE 此刻都还没有开门。早晨七点，新德里街头，两个人比流浪汉还要饥寒交迫，却已在这里游荡了一个小时又四十分钟。

最终还是两个早餐汉堡，温暖了旅人的胃。

因为是下午出发的火车，所以也并没有着急，而是等到 MONEY CHANGE 开门之后换了钱，换到麦叔叔家继续吃。城市太过陌生，又不想匆忙涉景，无处可去，徒步返回 MAIN BAZAAR 有小香港之称的站前街，却完全没有心情寻找任何一家旅馆。晃悠回火车站十点刚过，索性取了行李在 SLEEPER 休息室里洗澡、换衣服，又慢吞吞地去站台上确认自己的名字。几经寻找，一直找不到十二点钟去 AMRITSAR 的那班列车，经过再次确认发现要坐的车在德里车站，也就是传说中的旧德里，并非此刻的新德里车站！抬头看看站台上的大钟，离开车还有不足三十分钟，疯掉！

问清楚路线之后，选择时间最有保障的地铁，两个车站虽然相隔不远只有两站地铁，但上下站台和渐渐拥挤的人潮足以让人再次崩溃，唯有一路狂奔，一路 EXCUSE ME，一个人排队买票，一个人排队进站，然后汇合，在十二点之前终于赶到了旧德里火车站。顾不上看更多信息告示牌，在一路尿臭中奔进站、找站台，发现没有要坐的那班车！再次返回确认，发现就是一路找来的九号站台。停下，喘息，只剩有力的心跳。看到一对欧美模样的老夫妇，悠闲地站在一堆席地躺卧的本地人中，上前聊了几句，知道他们来自澳大利亚珀斯，也要坐这班车，老太太 HELLEN 还教过中国小孩英语，对中国人印象很好。

列车从德里出发时晚了一个小时，这让我想起了那个关于印度火车司机不守时的传说。火车上人很少，我甚至没有去上铺休息，一直坐在无人的侧铺位置，旁边的乘客像是一家四口。到达 AMRITSAR 已经晚上七点，火车缓慢进站的时候，我在心里默默期盼这是一个不太糟糕的城市。在火车站询问了书店和便利店老板，确认最好的方式是出站后在左手边乘坐免费巴士，便可以前往向往已久的金庙了。

锡克族果然没有让人失望，从巴士接待处的大胡子老人到同车前往金庙的孩子，似乎每一个细节都能透出他们的善良、友好和淳朴。到达金庙已经晚上九点，不知道是否是因为周末的原因，这里依然人潮涌动，随处可见大胡子、裹头巾、穿长袍的锡克族人，像是一下进到了另一个童话的王国。来不及探访金庙的真身，先去了外国人接待处，也同样是人满为患，于是决定出庙在附近寻找住处。

夜晚，在陌生的城市，似乎总有一丝恐惧伴随着夜一点点加深。劳累的身体，背着硕大的行囊，一家家探访住处，脑海里挥之不去的是噩梦般的苏瑙里。最后，在金庙附近的一条主路上找了一家尚可的住处，五百卢比住下。

忽然觉得，这一天好长。

新德里原是一片荒凉的地，1911年开始动工兴建城市，1929年初具规模，1931年起成首府，1947年印度独立后成首都

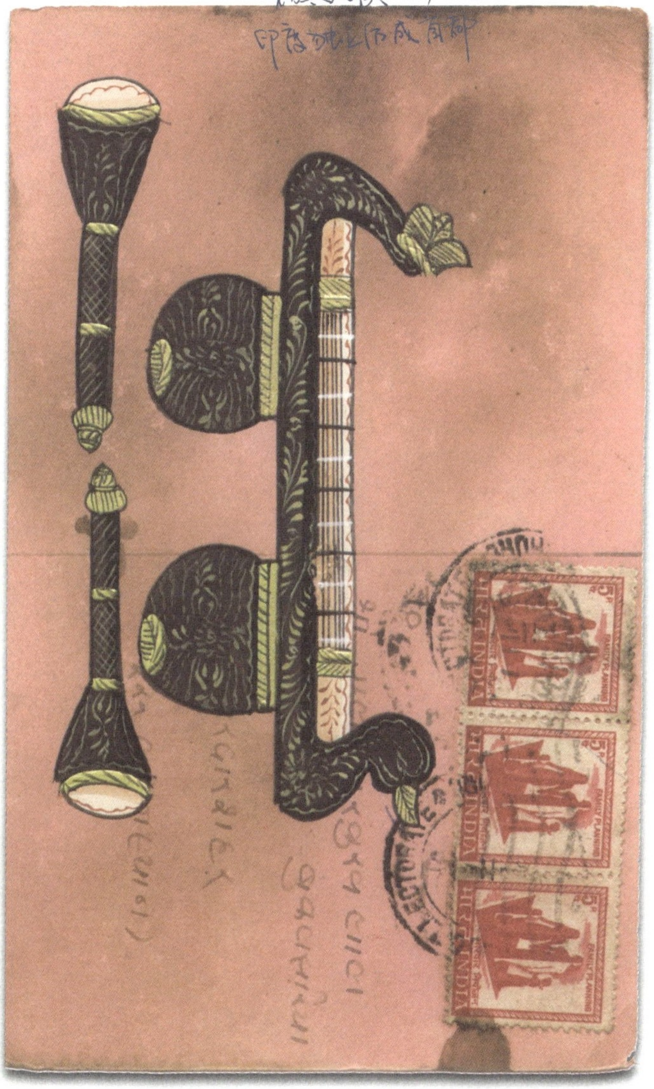

金庙周边的旅馆给人带来的小失望全都变成了惊喜补偿在了金庙之中。

每天早晨四点到一天结束的子夜时分是金庙的开放时间，周边地区彻夜不眠，如果有人来统计这里的到访流量，一定不输任何一个大城市的风景名胜，而这里的管理是最让人惊叹的。你能看到的一切都是井井有条的，鞋履存放，净手脚池，取水、沐浴、听课、食堂，感觉是一个豪华版的迷你世外桃源，让人快乐到有归属感。在这里做义工的人感觉很欣然，而来这里的人也似乎得到了某种圣洁的洗礼。

一早起来在金庙里溜达，看各式锡克男的装扮，佩刀、尖鞋、戴钢手镯、长袍、长须、包发、偶有持矛，因为一辈子都不剪须发，为了行动方便，他们就用布把头发或胡须包裹起来，头巾或长袍的配色都异常好看，随便拉住一个街拍都很有看点。进入金庙不论长幼男女都需遮盖住头发，于是索性也找了一个当地人帮我裹了一个非常锡克式的头包。

十点左右在金庙进餐，每走一步都会有这一步的程序相配套，拿餐盘、餐具，拿碗，被指引路线，都是不同的义工在不同的位置，操作相应的流程。稍后是不同的人派发薄饼、米饭、咖喱、奶粥，学着别人的样子席地而坐，静静等待或慢慢品尝，周围满是善意的目光。

下午在金庙四周闲逛，遇到另一个庙东边闹中取静的小旅馆，没有犹豫一秒就搬了过去，一张舒服的床是安抚疲累旅人的良药。趁着太

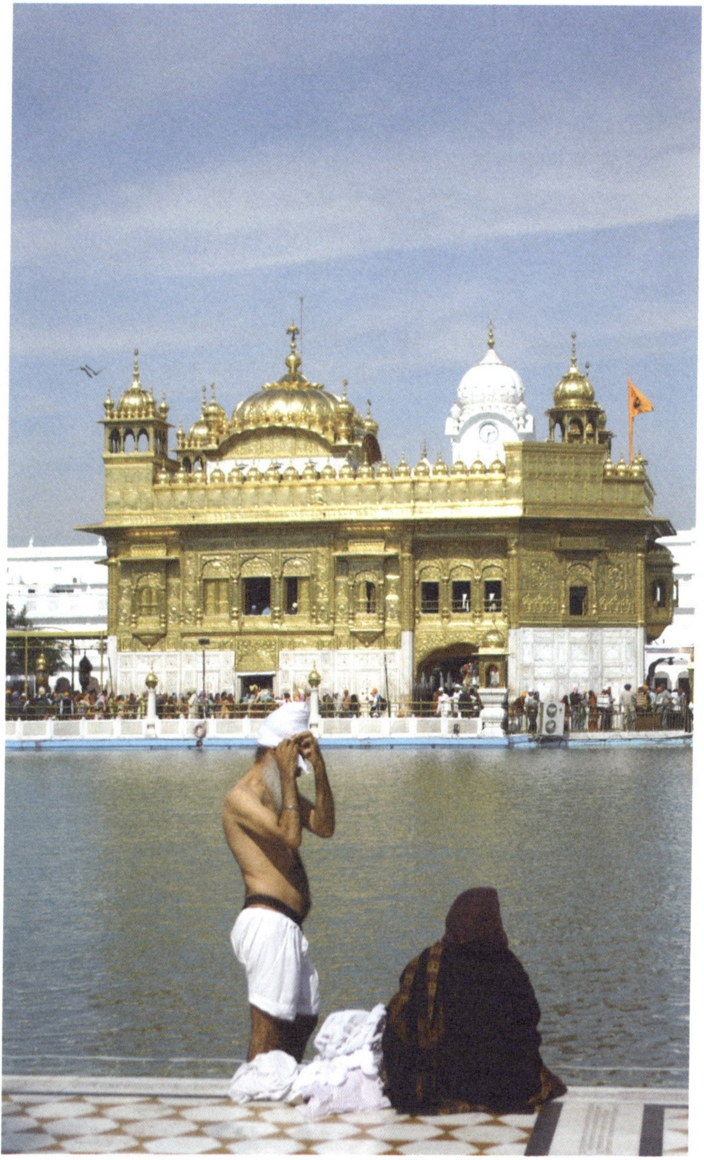

阳正好，洗衣、晾晒，窗外阳光怒射地平线，吸取之前海岛旅行经验，知道想要一天晒成黑人是超级不现实的，索性就躲在屋里听音乐、看书、休息，想等到晚上再赴金庙，看另一片金碧辉煌。

久居AMRITSAR应该也不会觉得腻烦，因为总是会在不同的时刻遭遇完全不同的景象。

下午三点，在金庙大门前出发，乘坐小面前往印巴边境，去看印度和巴基斯坦两国的传统降旗仪式。司机就是一个高大英俊的大胡子锡克叔叔，由他掌舵，阿耀和我挤在司机旁边，后面是五六个欧美青年。胡子叔的驾车风格沉稳而疯狂，嘴里嚼着类似槟榔的叶子，时而大路狂奔时而小路穿肠，一路张弛有度，终于在日落前到达了距离AMRITSAR三十公里左右的边境地带。

起初以为这样的仪式会是在一个宽阔的广场，到了才发现一路上竟然被安排了非常严格的安检流程，而这样的仪式也是在一条两国之间的道路上举行的。道路两边分别是印度和巴基斯坦的国门，边界两边坐满了来观看降旗仪式的国民和游客。我们发现有一个单独的小路可以通向最前排的位置，询问之后才知道需要外国人持护照确认身份后进入，就这样我们享受了一次优先进入优选区域的特权，这个特定的区域可以相对清楚地观看仪式。两国军队有各自的表演内容，或虚张声势或表情狰狞，或肃穆以待或英姿威武，就这样把两国之间的关系，从剑拔弩张的炮火对峙到如今有名无实的相互观望，表现得淋漓尽致。

不知道为什么，我总是习惯在闹钟响起的前一秒醒来，每次都是屡试不爽。早晨六点的闹钟，响起时我的第一反应是，这是哪里？辨别了几秒钟，才磕磕绊绊地醒来，所有这些日常习惯的失灵，统统被我归结为旅行综合症。

六点四十分，到达金庙门口，太阳还没有完全升起，而庙宇四周早已是异常热闹的景象，远处有诵经的旋律，近处此起彼伏的是义工在进餐区清洗盘子的叮叮当当声。去往火车站的免费班车还有二十分钟才发出第一班，于是果断选择 TOTO 车，很顺利不足一刻钟便抵达火车站。

就要告别满是锡克族的 AMRITSAR，心里满是不舍，这是出来这么多天，最舍不得的一个地方。那条匆匆路过的街，满是旧书和活字印刷用的字码，他们总是在特有的传统中秉持着一份诱人的魅力。金庙，就算一日三省似的进出，还是感觉百般奥秘尚未解开。

到达新德里已经是下午四点了，为了轻装上阵，索性聪明地学习了印度人的做法，把行李寄存在火车站，然后去站前的 MIND BAZAAR 扫街，扫到一半的时候遇到了 GOODDAY，决定住下。初到印度的人，往往会误会他们的热情，其实冷静下来想想，这种在火车站周边或游客聚集区靠揽客为生的人在世界各地可能都有，所以面对这样的情况，要么胸有成竹自有标准，要么认命在吃亏上当中成长，不然怎样都会不爽。而一同旅行的要点

IndusInd Bank
24 hrs ATM

就是各司其职，互相补足，互不打扰。在一座陌生的城市，安顿了住处，就有了家，即便那小小的房间只给你一夜的温暖。

问清楚地铁的方向，轻车熟路地狂奔到康奈特广场的肯德基，这行为充分证明了自己尚未变成素食主义者，还是彻头彻尾的城市动物。晚上的康奈特广场和清晨时的完全不同，下了班的白领和各色男女混杂在流浪狗和鳞次栉比的店铺中，待到走回 GD 已经累得不行了，脚下又多出两个水泡。

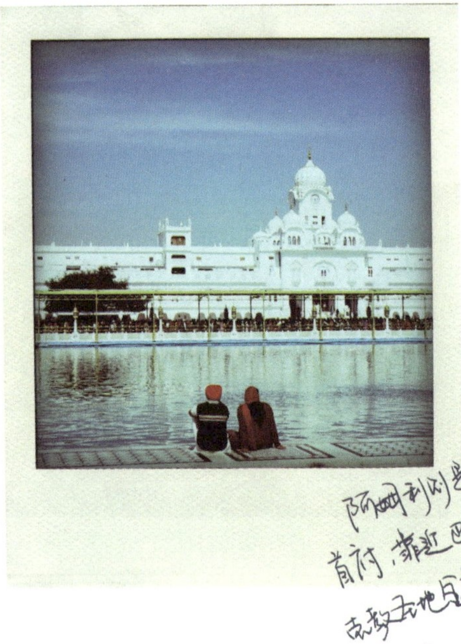

阿姆利则是印度旁遮普邦的首府，靠近巴基斯坦边境，是锡克教圣地金庙 Golden Temple 的所在地。

德里很有意思，火车站正对面是一个游客聚集区，大大小小的旅馆成百上千家，路两边各种店铺摊位，生活里的种种，这里都齐全了。站在街的尽头，看着里面联合国一样的人群，横七竖八的广告招牌，脑海中冒出了两个字，香港。当然，这里可能是香港六十年前的样子。听说，印度很多年轻人都非常向往香港，这可能是被无数国家的游客提及过的地方。有一次在火车上，一个印度男隔着卧铺的隔断网与阿耀攀谈，就提到了香港，他说他的梦想就是去香港开一间小旅馆，这让我想到了重庆大厦，想到了里面的各色人种和错综复杂。

粗略之下会觉得，MIND BAZAAR 不过是些小商品批发市场里的东西，没什么印度特色，也缺少物美价廉。可一旦住下来，就会知道，即便是一个赤条条无牵挂的旅人，也足以在这条街搞定一切。对德里的兴趣培养，全都来自这里，特别是在像个游客一样，不去总统府和国会大厦，暴晒、暴走、暴累之后。还是习惯叫 MIND BAZAAR 为站前街，晚上回来买了条蓝色裤子，那蓝色太纯正了，价钱自然便宜到哭。还逛到两条超值羊毛毯，在印度简直是人手一条，晚上在火车上可以御寒，白天可以各种披披搭搭，非常国际范儿。其实，消费是很好的发泄。回到 GD 泡面吃，发觉没有想象中，或者说思念中那么好吃了。

对了，阿耀得偿所愿在手臂上画了 HANNA，那是一种在站前街甚至印度、尼泊尔，都能在游客聚集区看到的类纹身项目，通过植物颜料将图案画到顾客想要绘制的地方，一般可以保身为印度第三大城市的德里，是印度的首都所在，城区又可分为历史悠久的旧德里和新规划的新德里。

持一周到四周的时间，直至逐渐褪色。绘制前阿耀挑了自己最喜欢的象神的图案，问好价格，三十，就开始耐心等待绘制。绘好后，店家说要两百，阿耀问为什么，店家说，一小块三十，这个图案一共是七小块。明知被店家算计，但我俩都不想再争执，也只好作罢。

不知道德里的超市都藏在哪里了，离开德里前的上午，我们一路走一路问，很多人居然听不懂“supermarket”，最后能找到的最大的也不会超过711。提前三个小时到达德里火车站，发现这里居然有麦当劳和干净的休息室，当然，干净是相对的。印度的很多地方的干净都是相对的，可以在牛粪满街的路上赤足行走，可以喝很多苍蝇品尝过的鲜果汁，可以随地小便即便公共卫生间近在咫尺，这就是传说中的天人合一吧。

不急不慌到了火车站，找到了AC车厢中的位置，火车又要开了。

三月七日 杰伊瑟尔梅尔（JAISALMER）

醒来发现，身边的游客不知道在哪一站已经换成了法国人，仿佛，这一列车不是在印度，而是在欧洲。顾不上多想，又昏睡过去。在路上就是这样，不断培养对一个陌生领地的熟悉度，从紧张提防到放松甚至懈怠。当然该做的安全准备都做好才能大睡的，比如把行囊当枕头，再拿链锁锁好，这都是基础防范措施。再次醒来是因为火车已经完全停了下来，JAISALMER 杰伊瑟尔梅尔，终点站到了，用最快的速度翻身下床，发现其实不用那么着急。

这个地方，印度人称之黄金之城，因为这里靠近沙漠，当地老百姓又习惯用特殊处理后的沙土筑房，所以整个古城看上去，完全是大漠孤城的苍凉范儿。在某些特定的时刻，在阳光的照射之下，古城会散发出金黄的光芒，也就得来了黄金之城的名号。

出站时阿耀被一个印度人拉住说只要两百五十卢比，就可以有一个图片上的房间，睁大眼睛仔细看了看，很不错的房间，于是就索性跟着这人向旅馆的车走去，瞬间后面又跟来三个男生，一边微笑一边用日语和阿耀打招呼攀谈起来，阿耀很冷静地用英文说，我不懂日语，气氛瞬间尴尬。同坐一辆吉普，不到五分钟就到了这家旅馆。

有攻略上说，到一个陌生的地方，跟着日本游客走肯定能找到性价比最高而且最干净的住处。果然，这里干净、明亮，最意外的是居然还有泳池。虽然是在古城外面，但刚才招揽生意的人是用了标准间的图片和床位的价格，标准间五百卢比，床位两人二百五十卢比，标准间讨价还价最低四百。这应该是此程至此最舒服的一家旅馆了，几个日本男生住了床位，六人间里还有其他几个日本男生，看上去都还是在上大学的样子。在印度很少碰到中国人和韩国人，相对来说日本人多一些。

补了一个午觉，下午走去古城闲逛。可以想象当年这里是多么漂亮甚至辉煌，如今商铺众多，偶尔也会遇到一些有特色的小商店，可以喝咖啡晒太阳。看了几间古堡里的旅馆，都有不错的景观房间，多数价格偏高，因为依地势修建的原因，进出上下都不太方便。晚上阿耀有点发烧，估计是连日赶路没休息好，或者有气温变化的因素，吃了药，建议他多喝些热水，促进新陈代谢。其实路上旅行需要注意的事无巨细，但大体上就是财物安全和人身安全，一旦生病，可能就会有很多不得已发生的行程变化。

第二天早上，老板问我们是否续住，我们说可以，但老板说只有床位可以住，因为我们所住的标准间有人预订了，或者有另外一间标准间，价钱是八百。好在阿耀已经退烧全然无恙，我建议继续住在这里，但他执意要搬走。烈日下，一直在古堡里寻找落脚处，一直没有满意的地方，但倔脾气的阿耀坚持继续找，最终逛到一个古堡东南角上的家庭旅馆，有一间价格公道的房间，推开窗能看到远处的沙漠，天际线在一片昏黄之下若隐若现，天台上更开阔些，甚至有种居高临下、清晰鸟瞰古堡的感觉，一下午军训拉练式的辛苦得以补偿。

傍晚，天台上，晚餐中，看夕阳。等餐的

时间里遇到两个美国年轻人，他们在韩国工作，每工作五年可以有整整一年的带薪假期，这一刻他们已经在印度旅行近三个半月时间了。有时候看那些团队旅游，觉得是在和时间赛跑，用一天一城的速度在掠夺式观光。面对这两个美国年轻人，自省我们这一路的旅行，又何尝不是匆匆的掠夺呢。

杰伊瑟梅尔位于拉贾斯坦邦的塔尔汉边缘，距巴基斯坦100公里

三月十日 焦特布尔（JODPHUR）

很多时候，各种情绪的变化往往是内心给的暗示，然后在各种假象和猜忌中不断加强这种暗示给自己一种仿若真相的假象。在诸多情绪中，恐惧尤甚。从另一个角度想，欢乐或幸福又何尝不是如此呢？一种从假象开始的自我安慰。

清晨五点到达焦特布尔，天还没亮，一片黑暗中出了火车站发现方向难辨，只好选择揽客的中介 TOTO 车，在不知方位的情况下被带着看了三家住处，每到一家都是把房东从睡梦中敲醒，然后说着抱歉离开，或许他们也早已习惯了这样的惊扰。

终于，在第三家留宿下来。洗澡，昏睡到正午被一阵舞曲吵醒，发现年轻的老板正在音乐中工作，完全不被打扰的样子。索性起床，上天台辨别方向，古城堡，白庙以及贾玛清真寺都清晰可见。仔细听，好像家家户户像过节一样，把音响调大到近乎失真的状态，似乎是当地的一个节日。粗略之下，蓝城也没有想象中的样子，不知道是对印度期待过了头，还是根本就不该期待什么。简单收拾了一下，去了之前查到的一个评论不错的家庭旅馆，很干净也很贵，有湖景，不过所谓的湖是窗前的一个蓄水池，里面丢满了各式垃圾，打开窗，风中有隐约的恶臭。

徒步去城堡，下眺全城，有星星点点的蓝。焦特布尔的钟楼，聚集了很多摊贩，但似乎没有什么让人感兴趣的东西，两边大门入口处有脏脏的 LASSI 摊，很多新鲜的水果和奶制品还有苍蝇混在一起，如果胆大可以硬着头皮体验一下当地的味道。

印度的脏乱是出了名的，但看到当地人能在这样的环境中坦然和快乐，竟然也从中悟出些道理。黄昏的时候在路边看到一只牛，正在一堆垃圾中寻找美食，那时那刻的光影像极了一幅绝版的油画。给家人打电话，他们有些担心这边的治安，我说，他们对我还不错。

蓝城，虽然住处没什么风情，街道也是脏乱无比，但还是很奇怪地留了下来，而且决定多呆一天。这个家庭旅馆的管理者是一个有点自恋的年轻人，黑黑瘦瘦，他雇佣了一个尼泊尔男生帮工，另外还有他的三个嫂子带着各自的孩子和他的母亲住在一楼，但似乎没有参与旅馆的工作。他们睡在三楼客房门口的地上，白天也不会整理铺盖，暂且将此看作是印度人的随性吧。这里最大的亮点是那个尼泊尔男生，做饭非常好吃！起初以为每餐饮食都是这家里的女人们在负责，后来发现女人们完全没有参与家庭旅馆的管理和其他的相关工作。

在蓝城的第二晚，在天台吹风时，我们遇到了韩国邻居，早前看到她和妈妈一起入住只是打了个招呼。她叫郑知允，平时住在德里，还在读博士。她说很想有一家自己的客栈，不想继续做手机设计师，虽然那样可以很有钱途。是不是全世界的年轻人都在为这样的事情烦恼呢？她说阿耀的HANNA很好看，阿耀说花了两百卢比，郑知允说，两百块钱可以在德里画一个花臂了，阿耀咬牙说要择日去德里报仇！

焦特布尔是印度拉贾斯坦邦西部城市，位于塔尔大沙漠的边缘，是拉贾斯坦邦的第二大城市。

后来又说起了整容和韩剧……聊了很多，直到夜深。

不急着赶路的最大好处就是可以把喜欢的风景多看几遍，第三天又去了古堡，然后沿着古堡的外墙走了很久，居然意外地发现了一大片蓝色的景象，看来对于一个城市的认知，往往受到我们视界的限制，看到了一屋一塔就以为是全世界。对人，又何尝不是呢？

晚上回来发现，郑知允临走前在我们房间门口放了一杯韩国辛拉面，只因为前夜聊到了韩式美食。对旅人来说似是一种上天的恩赐。天台晚餐，少了韩国女生，又遇到了一对新西兰情侣，他们一起从新西兰开始旅行，男生的目的地是柏林，女生要去爱尔兰，而我的终点在哪里，就这样一路走下去又会怎样呢？

三月十三日 乌代普尔（UDAIPUR）

几乎用了一天时间，从早晨六点出发，下午四点到达白城乌代普尔，这里有意想不到的整洁，慕晓在这一站等我们同行。说来就是这样，你独自行走的路上，一定有很多个类似你而又不同于你的人，与你并行，在错落的时间或者地点，以不同的视角窥探这个世界。即便是曾经一路同行的人，也总有偶遇在某个时间节点的可能。晚上，我们三个人一起在一个叫莲花的咖啡馆吃了相识后的第一餐，掐指算来，距离第一次在韩国寺偶遇，已近半月。

隔日，我们步行在白城闲逛，乐此不疲地和小店主砍价还价，看路上等人派发食物的猴子，去漂亮的公园里坐小火车，还假装很有兴致地在公园安静的图书馆里参观，寻觅城市动物热爱的肯德基，看城市宫殿和大片湖水，近一整天乐而不疲。快走到住处已近黄昏，旅馆门口的墙下坐着一男一女，远远地听见男生说，你们终于回来啦，等了两个小时了！刘大药和初次见面的周玲，本以为路程不同的旅人，却可遇而不可求地在白城汇合了。

路上如果遇到刘大药，就像出现了一个机器猫，懂吧。他的背包里面有几室几厅，有厨房、卧室、客厅、洗漱间，有种种你想不到但路上一定会用到的惊喜，比如衣架。就这样，生日前夜，梦幻的乌代普尔，我们五个人，围坐在房间里，吃了离家之后最有味道也最奢侈的一顿大餐，火锅！所有底料，都来自大药的厨房。

后来，临时组建的五人印度旅行团，又一路去了瓦拉纳西、大吉岭、加尔各答，一起经历了很多，分开又相遇再分开，真实而自然。在让人意料之中又惊喜重重的印度，如果没有归途，不知会是怎样的旅程。

乌代普尔的建筑物以白色大理石为主，故称"白色之城"，是印度的古都，创建于十六世纪，城内有多座大大小小的宫殿。

400021800
BHA
STD
ISD
PCO
अमूल

想念双城的夜 一个人吃川菜

昨天从男左女右直播回来
看到小羊哥发来的三个离线文件
他偶拾一张存储卡
里面有当年的一些影像
当年 其实也没那么遥远
但是为什么就觉得
相隔好几个世纪一般
有的朋友忙碌在自己的事业生活里
有的朋友出国 回国 再出国 再回国
有的朋友远走他乡 天涯相望
总结下来只有四个字
物是人非

乐观地想想 这没什么
人总是要随着环境的变化而变化的
不要强求别人 也不要强求自己
能在某一段路同行彼此珍惜 就够了

就像我从麻辣双城回京发现
我的永久 永久了
那辆老式的永久自行车
陪伴我也就一年半的样子
我们应该习惯了这种丢失对吗
站在楼门口 愣了几秒钟
不是在想我怎么没有亡羊补牢
也不是在想以后买辆什么样的
一件旧物
总是会给人一连串的背景链接
时间 地点 人物 起因 经过 结果

每个人记录生活的方式不同
文字 图像 邮件 短信 声音
或者 记在心里
或者 旅行
不知道你是不是这样
在旅行的时候
不想睡觉 觉得太浪费时间了
就想多去看看 去感受 去讨论 去发现
待到 梦一样的旅程结束之后
你会在熟悉的城市里 莫名想起某一个
似曾相识的瞬间

最近睡觉之前都在看在川大的打折书店
买到的一本书
没想到会在那家书店买书
也没想到要走那么远的路
所以我总是会在翻开那书之前的几秒钟
想到那天黄昏时分的校园
操场上有人在踢球
偶尔有人抱着书从身边经过
还有那些色彩缤纷的暖壶

今天北京刮大风
家里的暖气之前一直都只热一半
本以为是暖器的问题
今天竟然发现 暖器自动痊愈了
每一个角落都是暖的
就像一个冬天习惯了手脚冰凉的人
突然通体温热的时候
还是有点不太适应这样的惊喜
希望你也能有这样的惊喜

照顾好自己
一周快乐

阿鹏 @ 重庆森林
2010年12月5日

梦游记

阿鹏@福岛 北京
2011年8月22日

电风扇摇头摆尾呼呼作响
我睁开眼
窗外的蝉鸣混在
不知楼上楼下的邻居装修电钻里
夏天的光 有一丝丝
透过棉麻窗帘和遮光布的缝隙
钻进卧室

转身起来
在略微有点凉的莲蓬头下冲凉
然后擦干全身 换上泳装
拿上泳镜 鼻夹 泳帽
裹了一条硕大的浴巾走出门
太阳不毒但很辣
瞬间让我所有的新陈代谢都开始积极运行
毛孔开始呼吸最有温度的空气

我站在天台上
几十层楼下的车流依然忙碌不息
泳池边的沙正是烫脚的时候
泳池里的水温也刚好舒适怡人
空无一人的天台因为阳光的耀眼显得特别美好
丝毫没有半点恐怖或者孤独的感觉
我跳下泳池

在泳镜里看到所有蓝绿色的世界
有点不太真实的恍惚
每一次抬头
大口呼吸
然后在水中再将体内所有的气息吐出
五十米 一百米 三百米 五百米 一千米

我躺在泳池边
让身体上所有的水慢慢变成无形
然后缓缓走回家

冰箱里还有一颗橙子
和火龙果
放一点蜂蜜 再加上些牛奶
喝下去 有一股冰凉的甜蜜

电风扇呼呼作响摇头摆尾
我睁开眼 梦醒了
你的梦还在继续
我们的一天开始了

夏天&秋天快乐

九点起床 半小时后出门
一小时后到达家族长老屋内
路上买了几支香蕉和若干葡萄
陪长老度过六小时
中途与她午餐 修理厨卫隐患
清理电脑垃圾 教她用 IPAD 收发邮件
离开时带走近十盒月饼中的一盒
长老的至亲都在大洋彼岸
我和她也喜欢和习惯了 如此淡淡地问候
给她她最需要的 远好过那些正流行的东西

公车
三十分到达已然很是陌生的闹市
自从搬至福岛我渐渐习惯了深居简出
对于游人如织车流不断的区域
竟有了一丝疏离感
在闹中取静处约见要去佛罗伦萨学画的弟妹
和她说道多年不见的变化
竟也觉得其实都是徒劳
有些变化是自然而然的 不需多言
有些变化是旁人不解的 知者便知

等待
在节日来临前的京城的车流里
等待一辆回家的公车
走了三四辆 人多得比平日里的通勤车还甚
在拥挤的车上听肖邦 竟然听出了一份
无与伦比的安静

夜晚
临睡前看到皓月当空 没有一丝杂质
想到一些淡然的浓情 和激烈的风云变幻
也想到一些时态全然不同的人生
还有这段即将开始的旅程

我想起我在十六岁时
第一次离家度过的那个中秋
我居然还记得那天我穿的什么衣服
在操场上和谁坐在一起
看完整台学校的演出
手里还有一个两斤重的砖头月饼

对于你来说
节日的意义在哪里呢
你享受这样的意义吗

不论你在哪里 中秋快乐

阿鹏@福岛 北京
2011年9月12日

淡然的满月

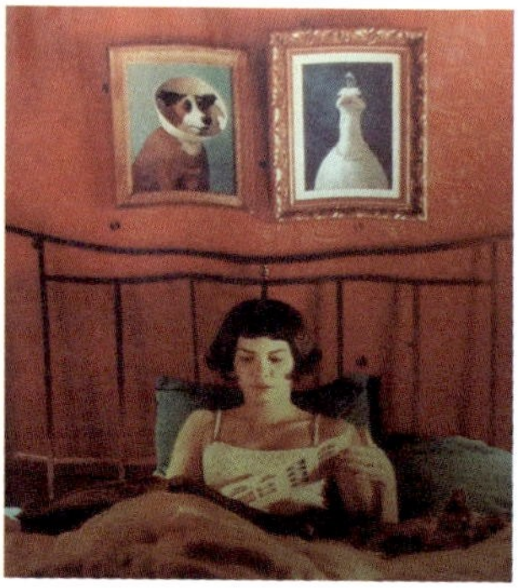

希望 一直是

年轻的时候 总是想着消失
去一个陌生的城市 重新开始
消失两个字后面是好多的伤
逃离伤城
但 真的可以重新开始吗

看到一个人写
爸爸说 消失不是什么本事
消失只能证明你放不下
却在逼着自己放下
你用尽了你 30% 的感性冲动
做决定 你会后悔的

明晚去看久石让
这就是我说的精神曲奇
久石让说 我曾经是个小孩 希望一直是
大叔要是可爱起来
真的是什么都挡不住的
周遭很多人喜爱久石让
甚至到痴迷的地步
甚少看到他生活中个人的真实状态
大多是媒体前的好大叔形象
所以这次 分享了真实的久石先生
每一句话都能想到他和姜文的表情
真实而有趣

我曾经是个小孩 希望一直是
这美好的愿望
难在「一直」二字上
有什么可以持续发生呢

北京狂降温
走在街上
恨不得穿着羽绒被才好
后天全球首去重庆
约好了的下午茶肯定是要去的
然后是成都 天津
离开熟悉的城市
这不是消失
但也挺有意思

很多事情心无旁骛地做着
很多事情节外生枝地发生着
很多人真真切切地爱着
很多人被抛向大海 此生不再

先说晚安了
不管多冷 都要快乐
不管多远 都好好的

阿鹏@重庆森林
2010年11月15日

最好的自己

窗外的风好像已经走了
一晚上都呼啸不停
让明早要追赶班车的人
有点心有不甘又心有余悸

总是要有一个轮回 告诉我们
工作时 尽情努力
休息时 放肆玩耍
小时候 这些道理
到现在 还在蔓延
但是 有时候发现
我们已经模糊了彼此 工作或者玩耍
也有时候 人生中的那么一秒
这些都不重要了
那什么 最重要
你心里肯定会这样问
告诉你 心里的感受 是最真的答案
而心里如何考量 只有自己知道
而你是否知道
也要取决于 你是否找到了
认同了 那个自己
和自己成为了 无话不说的朋友

于是 我想起了一个朋友
一个远方的朋友
一个什么事情都希望自己做到最好的朋友
于是 每次联系的时候
他都是告诉我 他还在思考
还没有能力做最好的自己

于是 我想到了自己
是个幸福的人
被那么多人鼓励着
可以在自信和骄傲之间
做着一些肆意妄为的事情
极致对于我来说 不是一个刻度
反而是一个方向 和快乐一样
我不需要到达一个嗨点
只要 一直在去往这个方向的路上 我就很满足
人生 总有一秒
你在做最好的自己 对我来说 这就够了
所以 这样看来 你永远都在做最好的自己

有一段时间 经常听电台到停止播音
在最后一秒消失之前 都会有一段旋律 就叫晚安曲
听着安心 却总是希望自己能在旋律中睡去

晚安了
末世的我们

阿鹏 @ 福岛 北京
2012年11月19日

你肯定有过这样的经历
某天接到一个电话
是好久不见的朋友
和你倾诉各种怀才不遇的苦楚
以至于 如今还是孑然一身
孤独求败的审视各种机会擦肩而过

静静听下来
其实不是天下路人不识君
是彼此还没有拿到爱的号码牌
工作如此 爱情亦然

简单些说
可用两句话说明白
你喜欢的 不喜欢你
喜欢你的 你不喜欢

这样的事情
从十几年前到现在
从身边人到自己
都有发生

到最后
是我们越来越不挑剔了
还是越来越无法适应别人了

有时候
爱情和工作是相通的
求全求美
必然会牺牲很多原本很优秀的人和事
绝对没有缺点的爱人
这世界是不存在的
绝对心满意足的工作
其实也是没有的
无菌环境
还在实验室里做实验

所以
你会想起那句粗话
狗占八泡屎
就是这种人生状态
原来你 什么
都想要

说别人也是在说自己
分析别人也就分析了自己
由己及人
世间事
大抵如此

长假过去了

我没有去远方看人山人海
我在全世界人最少的地方
度过眼中 一猫 一狗 一人的时光

勤奋是一种习惯
懒 可以毁掉一个人的一切

阿鹏 @ 福岛 北京
2012年10月9日

八十三天

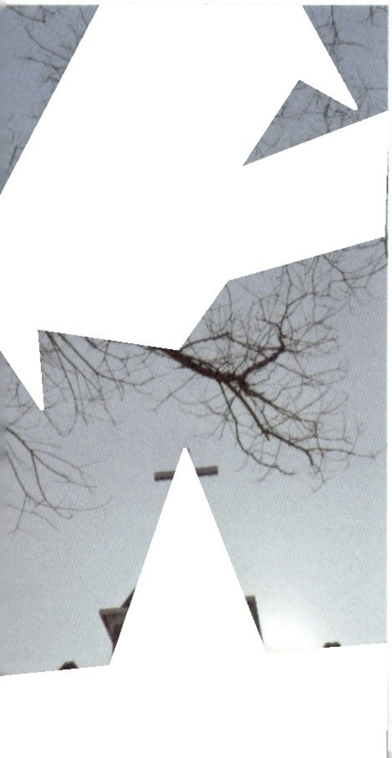

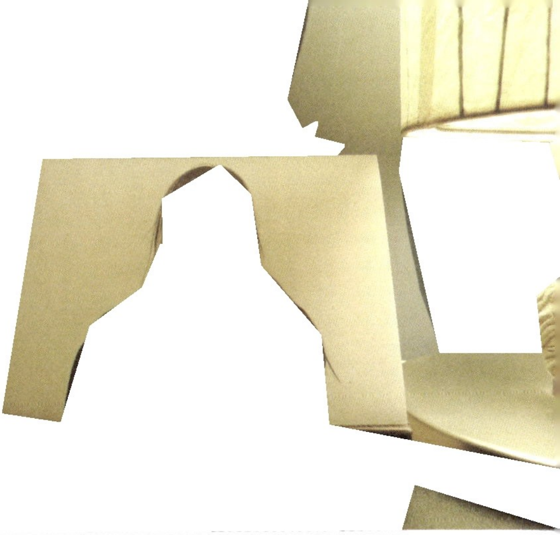

你的青春里 是谁一直在

那天 你发来短信说
一个人去看了 致青春
一直哭 一直在哭

那晚 我和她坐在太古里北区的台阶上
说起了很多过去的人
对 他们是过去的人
是我们生活里的过去式
然后 慨叹 有些人终将不再

后来 我坐地铁回家
我想 有一段时间我是在疏离
和过去疏离 过去的人 和过去的事
而此刻 我是在试着原谅
原谅过去的生活和过去的自己

我们都曾少年
都曾做过那些为赋新词的事
何必强求别人
强求自己
有些事 就是这样
不用和老和尚喝茶
也可参透

昨天 和她聊天

和她相识在少年时
我一直觉得
她没变过
我 也没变过
不论是容貌 还是性格
可是 这又怎么可能
她来家里喝茶
我们聊天
说起了以前在电台的事
说起了我们的北京之夏
说起了彼时的忙碌
和此时的平淡
说起了我们听了很多年的声音

我想
我们不是在缅怀
缅怀终将逝去的青春
我们只是
想要让自己还是自己
让未来 还是自己想要的未来

感谢你 一直在！

阿鹏@福岛 北京
2013年5月9日

爱人啊

不觉得吗
她从美国写信来 小心翼翼问了我
一个我没想到的问题 在情人节这天
我有时候会觉得这样的关心 让人很舒服
好过一些刻意和一些没有那么真实的热情

终于给你写这封信了
没有刻意赶一个节日或者躲一个节日
因为在我看来 过好自己的节日只是个形式
不然再欢乐的外在 也无法弥补需要节哀的心情
想得开 可能是这个时代最不可缺少的素质教育了吧
一个月以前 自己在南五环「散步」
想起很多七年前的笑脸
想起那些笑脸拿到钱之后的瞬间消失
一个星期前 我再次散步在南五环
突然觉得这些也没什么 人生很多过程都是学习
不然人怎么成长呢 只是后知后觉的我这一课上的太久了

以前有一个被人问出茧子的问题
永远有多远

那天终于看到了答案
永远就是从生到死那么远
这样算来永远并不长
那天 我家九旬长辈向我询问快递电话
她说她要写一张贺卡 在情人节后的第二天 寄达友
人
我说为什么一定要那天呢
长辈说 那天是友人夫妇的钻石婚纪念日
钻石婚 我查一下 六十年
六十年 我有点不知道说什么了
后来想想 长辈心里可能多少是有些羡慕的
因为她的他 如今只是眼前的一张照片了
于是 我想起妈妈说
那个早晨 长辈赶在所有亲友之前 去告别
围着她的他 走了一圈又一圈
一言不发 寸步不离
妈妈说 您要是想哭就哭吧
于是 长辈抱着她的他无声地哭了
两个九旬老人 在那个冰冷的房间里
隔空相拥
这是我听到过的 最令人动容的
生离死别
我们常常拥有一些新的开始
却不常珍惜那些经历了风雨的过往
我们常常叹息生不逢时的爱情
却忘记了我们失去理智时的分分秒秒

我们相爱 我们争吵
我们歇斯底里 暗中较劲
我们各执一词 互不相让
我们争吵 我们相爱
我们视而不见 删除过往
我们试图忘记 相望江湖
于是赶在这个节日
我找了四段爱的争吵
他们因为爱 或者不爱 而争吵
也因为爱之无奈 或者 爱到荼蘼 而固执
每对恋人都有自己爱的方式
就是这样吧 就像张艾嘉说
说到爱 应该说是说到每一种爱
都是很难解释的 都是没有对跟错的
就像 COCO 唱 你爱过 这就是答案
但说到底 我也开始那么那么地羡慕
那份可以牵手一生的钻石婚了

阿鹏 @ 北京
2011 年 2 月 15 日

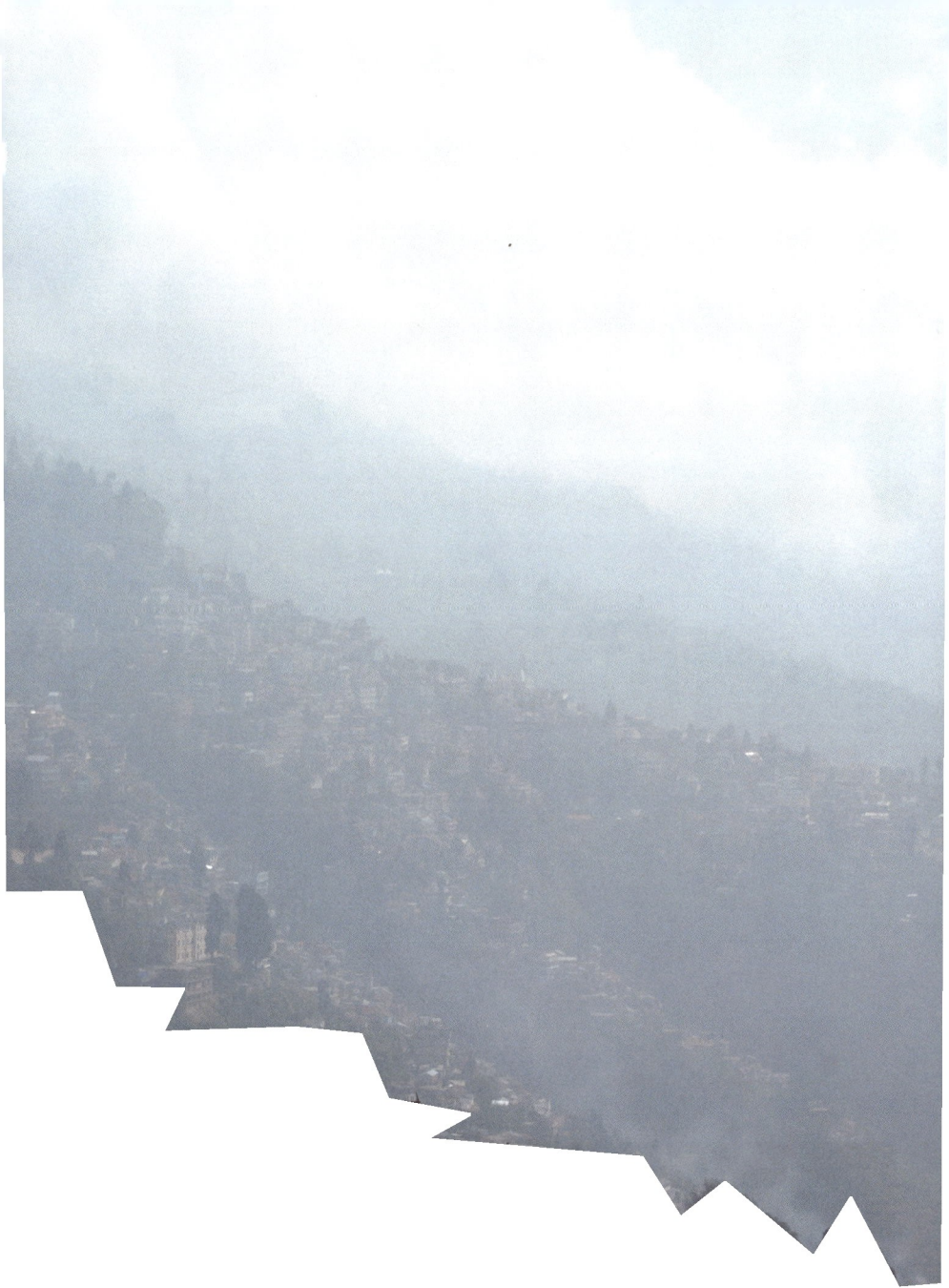

六　月

刚刚过去的五月
给妈妈准备生日礼物的时候
记挂着六月的父亲节
却不知道要给爸爸准备什么礼物才好

那天去看 MARC RIBOUD 的摄影展
回来想着周游世界的他
每次带着智障的女儿一同出行
在他的照片背后是否也有一些
别样情绪
荒木经惟的摄影展还在继续
他的子女会喜欢他的作品吗

长大是不得不面对的
这样说有点勉强
但这个事实客观存在
于是看身边人按部就班地上学
毕业 结婚 生子
长大不可怕
可怕的是丢了自己无处可寻

终于签了新一年的房屋合同
每一个步骤 都很有意思
说浅了是搞笑 说深了是反思
人们习惯性地分门别类
进行对陌生人的判断
已经很无所谓了
不要期盼别人理解你
当然这次寻房之后
感觉心态再次升级
每每这个时候
都会想起「刺猬的优雅」
在各种格局中将彼此打破

六月四日那天突然想起来
是入住半岛一年的时日
忽然想起了一些旧事
整个人就突然 DOWN 机了
夜里 索性和两个朋友下楼坐在路边
吃麻辣烫加自带的红酒
很不同寻常的人生体验
这就是我说的麻辣红酒夜
下周搬离后我会为你讲述
告别半岛的故事

开始不爱辩论
不想去试图改变别人
拖延症加重
但我依旧坚持那些自己喜欢的事情
对喜欢的人微笑
对不喜欢的人说不
这样有错吗

阿鹏 @ 半岛的最后一个周日
2010年6月7日

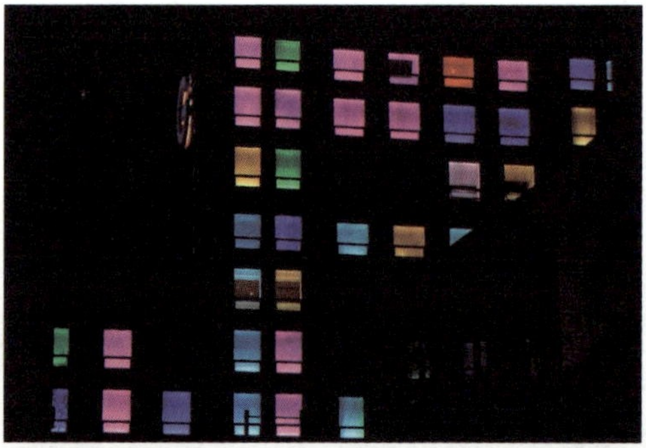

祝福

很害怕告别
不论是生离
还是死别

昨夜的电台节目
放了 COCOROSIE 的 Beautiful Boyz
很多人发信说觉得很吓人 很诡异
其实是 COCOROSIE 向逝去的诗人 Jean Genet
致敬的一首作品
下了节目一个人走了很久
直到脚被鞋磨得走不了路

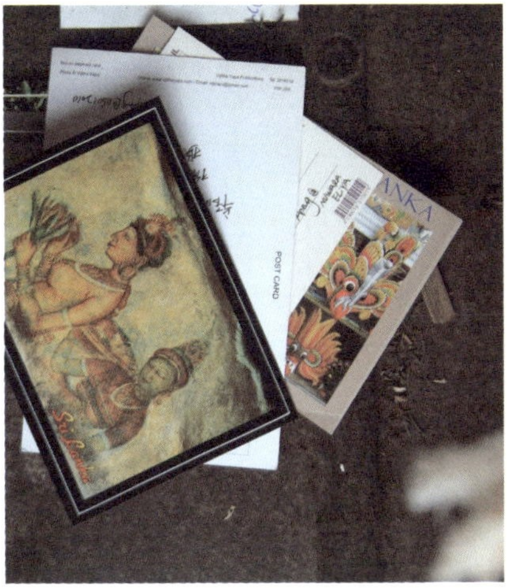

白天的风象从海边吹来
躺在床上听歌 然后睡着了
恍惚间做的梦都是和海有关系的
真想推开窗就能看到海
于是起来 拍了一张照片 称为「若海」

在灰白的世界里 听「告别」
总觉得有时候
挥手的是一段过往
不论是岁月还是情谊
不论是爱人还是亲友
不论是城市还是年轮
曾经和我们相依相守的陪伴
至少
至少有一段时间空间里不离不弃
这样想来是要感谢的
尽管告别听起来让人不禁难过
但 如果他即将开始新的美好
何必不祝福呢

于是 这样的时间
我们该祝福吧
关掉耳朵
祝福一切离我们而去的
夏日安好

阿鹏 @ 重庆森林
2010 年 8 月 15 日

西窗 斜阳落

可能在骑黄色机车的中介先生来看
我是最不靠谱的看房客
因为每到一处出租屋中 我首先会去临窗的位置
看看朝向和楼下的风景
不向往南向的阳光房 却对西晒的夕阳房钟爱有加
而且每次离开之前 都会拿出相机
在窗口拍下天边的云

八个小时中 午休两小时
上午我们喝可口和百事 抽云烟
下午我们喝金城先生的斯里红茶 抽红万

半岛公寓的生活已经进入倒计时的阶段
我这个重度拖延症患者其实表面忙碌
但内心还是有点不着急
回来之后在窗边拍云到天黑

北京的房子
我其实不太有发言权
去租房小组看看大家的诉控就可明了
如果没有这样的天气做伴 可能也没有这样的兴致
参观不同的房东 并在他们并不完美的房间里散步
常常邪恶地在一些房间里想
若租下来会将哪些东西扔掉

房子不过是个居所
而我只是希望居所能有家的感觉
我知道这要求太高了

其实关于住处我没有说太多
有些关于早期租住的痛苦和快乐
都是不可多得的人生体验
在没有暖气和电扇的居所度过冬夏
在八平方米里的人生时刻
现在想来遥远而美好 而那些事件主人公
也早已散落在天涯

下午在安定门上地铁
后面一个日本女孩用蹩脚的英文询问去处
从东直门地铁出站 看到肩挑背扛的异乡客
在下雨的阳光里 突然渴望有一个中介先生的黄色机车
可以迅速融入城市的人群里

人有身份很可怕 但同时拥有不同的身份就很好玩
中介先生曾经是饭馆老板 但如今蓝裤白衬黑皮鞋寸头
很是像模像样

站在不同的楼层 看这个城市

三层的窗外绿树成荫
十层对面的玻璃幕墙上满是白云的剪影
十五层楼下的中学篮球场上 几个少年正在跳
跃
五层的阿姨没有给我们开门
她说房子租出去了

很多年前看过一个舞剧叫 吉屋出租
很多很多年前看过一个美剧叫 老友记
即将成为老友的陌生人
又在哪一处吉屋中静候我的光临呢

一周快乐

阿鹏@半岛公寓
2010年5月30日

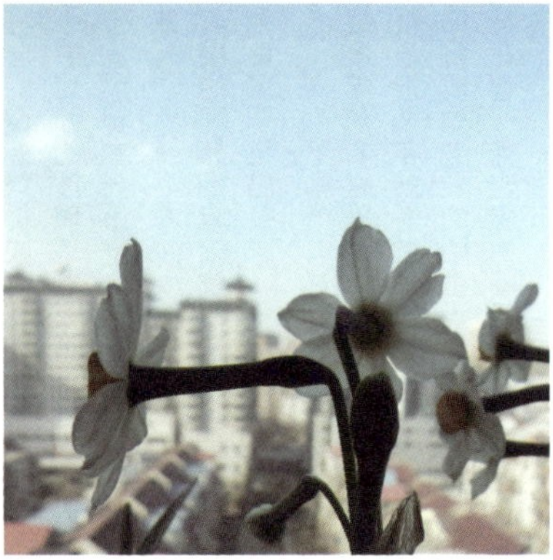

你是一间美树馆

骑自行车 在拥堵的尾气中
想 要不要带一个防毒面具
吃素食 在一个离别的晚上
想 要不要就这样从此屏蔽大爱
照镜子 SUMMER 在耳边徘徊说
中年人中年人

人间最苦是什么
马不能越千里 可是如果马能越千里
人类的屁股 腰身 手脚 能受得了吗

道理都是最简单的
在生活中一次次被实践
当分别的时候 你会说什么
再见 忘了我吧 一路平安
写信啊 别想我 保重
常回来看看 好好的

一次次遭遇人生中的悲欢离合
这才是最真实的

真好
当被子上充满阳光的味道
当我知道自己还可以
因为一首歌有快乐或悲伤的情绪
我知道 自己还活着
真好

习惯是我们不能抗拒的行为
一不小心就会有一些
你喜欢或者不喜欢的习惯
驼背
八字脚
口头禅
懒惰

阿鹏@重庆森林
2010年8月25日

告别半岛

等待 让人心神不安
所以请放弃等待 放弃执着
放弃不切实际和不着边际的幻想
与其苦等一个不知何时归来的游子
不如精心打点自己的人生事

曾几何时
你也曾守着电闪雷鸣
等待一个早就明了的答案
等到雨停 等到月落
等到你听见自己说
是雨太大了 一定是雨太大了

坐在新家的地上一遍遍听
World's End Boyfriend
兔兔的声音让我周身发紧
但是腹内却是喝了姜茶的感觉

人脑的记忆功能很是奇妙
同样的温度 类似的环境 一样的曲调
会激起你很多心脑共鸣和体内物质分泌

离开半岛那天 居然有点毕业时的情绪
赶在房屋公司的中介先生到来之前
仔细地打扫了屋子的每个角落
把每件物品擦拭成初见时的模样
完整的一年
放置全然不同的人生记忆在其中
所以离开时 我用我的方式 向这里告别

之所以称其为半岛
是因为那条街道实在很神奇
子夜时喧闹拥堵 人声喧哗
如涨潮时 海之磅礴
天亮后寂静无声 人影寥寥
如退潮后 海滩寂静
像是某部电影的布景
昼夜之间 地覆天翻

岛的这边是海
潮起潮落 人生百态
岛的那边是大片陆地
白云深处 有人家

半岛的窗外
是我迷恋的云景
不记得在这窗口拍过多少云

只是清楚地记得
有一次半夜醒来
拍到了清晰异常的夜
一切都在闪闪发光
很奇妙

你等的人不会伤心
等待只会让你自己无比难过
不是有歌在唱吗
有些人你永远不必问
有些人你永远不必等

端午节快乐

阿鹏 @ 重庆森林
2010年6月13日

这些年 你有在想 我吗

和他站在话题的两端
谁都不愿向前多走一步
这样也好 是一个安全距离
人生中还是需要安全的
虽然可能不够淡然
却足够安稳地度过一生

北京 今天开始进入冬天了
说实话 不知道该怎么过冬了
想到去年此时的大雪
还是觉得有点无法驾驭

在家开始翻箱倒柜地找声音
翻到了『再见，列宁』 翻到了『暗恋桃花源』
翻到了……
开始听暗恋
是十八年前林青霞的那个版本的声音
「这些年，你有在想我吗」
在 YANN TIERSEN 的旋律中
听见一个男人的声音这样问到
「想，想你的时候你在哪里？做什么？和谁在一起？」
听到不知道是从哪里发出的声音
相识的人真的会再相逢吗
像『甜蜜蜜』那样
像『暗恋』这般
但 相见不如怀念吧
真的是这样
会不断地想念
可是又觉得 就这样
留个念想吧
见面 又能怎样

今天找声音的时候
听到某天 和朋友吃饭时
在那个餐厅录到的爵士乐
十分钟之后 接到那位在新疆的朋友发来的短信
我正在南疆出差 刚过墨玉 替你看了一眼
好多白杨树 是个整齐干净的好地方
顿时 有泪奔的冲动

生命中 人来人往
妥协或倔强着
一生就这样过去了
偶尔想起一些人一些事
笑笑或者还是会大哭

城市里面 很多地方
你去了还想再去的似乎并不多
有的地方如观光一般
去过一次就够了
有的地方 你一次都没有去过
所以 当有一天要离开这座城市的时候
即便一天跑断腿 你都想去看看
因为下一次 真的不知道要何年何月了

你呢 给自己改变的机会了吗
还是一直都很坚定
冬天快乐

阿鹏 @ 重庆森林
2010 年 11 月 8 日

小镇春光

阿鹏@成都
2011年3月

春天该有个春天的样子吧
所以那天下雪的时候
穿着短裤背心大中午没晒到太阳的我很慌张
我想该去一个暖点的地方
逃避北京早春的雪

三月里 小镇姑娘出没的村落
眼前的肥肠粉换成了牛肉粉
手里的锅盔变成了肉夹馍
鼻腔里满是春草的味道
脚边是一直打盹儿的菜狗
身边的九零后说
幸福就是吃饱了随便找个地方晒太阳

人生有多少机会是可以不管不顾的
「披头散发」甚至「张牙舞爪」
或者是我们忘记了自己最早的模样
那种放松的 快乐的 顺其自然的样子
我们被周围的人 和漠然的城打造成了
他们的样子和他们想要的样子
于是 突然很喜欢那种能带给人欢乐的能量
像是太阳 像是暖宝
像是被渴望已久的惬意

我终于身体力行地理解了
那个久未见面的姐姐的快乐

她当年冲进欲望都市
冲进让人刮目的行业
永远光鲜亮丽又永远憔悴不堪
我们在一座城 直线距离不超五公里
却很难有时间一起吃顿饭 坐下来好好聊聊

那天我走在路上 突然好想她
就拼命打她电话 想立刻听她的声音
半小时后她打电话过来说 在藏区学习
好高兴 再也不用去拼命证明自己了
我和她或许还有你 始终是一样的人
做别人希望中的人 不断拼命就是为了证明
我可以的
我可以成为你们想要的那个人
终有一天做到了 却发现那个自己不是自己
于是不顾一切跑掉 离开
重新开始一段旅程
去 找自己

好了 我也知道
或许我在另一座围城自嗨
那也没什么关系
谁让我这么不顾一切又乐在其中呢
我们在各自的围城都好就好
快乐就好

我们旅行 我们为什么旅行
逃离城市 去我们从未到达的远方
走很远的路 看梦中的景色
遇见很多人 想要彻底忘记一个人

我们尖叫 不是因为恐惧
我们呐喊 不是因为压抑
我们大笑 久违的畅快淋漓
我们落泪 只是那平淡的美好

所有关于新疆的记忆都停留在五岁之前了
所有后来出现的回忆都是长辈一次次的追述
觉得来过
不 一定来过
走进南疆的水果天堂
漫步北疆的人间仙境
周围的人在欣赏 在高喊
而我只想落泪
当我印证了那些脑海中曾经停留的画面
每到一个地方
每拍一张照片
就越发明白了荒木经惟的某段情绪

开车在盘山公路上
远处的山 像是海市蜃楼
走在古城里

伤感的旅程

“你应该明白的，我想说的或许不是思念。”

遥望见城边的摩天轮
蒲公英漫山遍野
牛羊和骏马也像蒲公英一样

一次次问自己
这里这么美
可以留在这里吗
还会再来吗
能再看到这些风景吗
风景永远会不同
不论是鼓浪屿还是喀那斯
而我们永远记住的
就是那一刻的美好
就像恋爱
不求永不变
只求未来的某天
依然记得
那一刻的美好

伤感是瞬间的
在未知面前
即便伤感
也是措手不及的
想到这些
窗外的蓝
也就变得通透了

阿鹏 @ 新疆 布尔津县
2010年9月5日

双城

二楼
星辉西路 路口的那家网吧
靠窗的位置 我在抽烟

耳边是植树饿了一天制作的棄惪
刚开始的部分
听他说梦见我离开后的种种
几近泪奔 我告诉他
这比『岁月神偷』让我感动

如果说
成都让我想起香港
你肯定会笑

暴走了一天
从早晨的星辉到宽窄巷
乘公车到锦里
途中写了若干明信片
回来后在写一封长长的信

对于这个城市喜欢和不喜欢的地方
回去慢慢和你说
在这里的时光里
就尽量享受这里的美好

听说北京大暴雨
成都也是只在下午绽放了

不过十五分钟的灿烂

晚上写信的时候
也是在二楼
住处的厅堂灯下
偶尔有外国友人走过
感觉像在留学生公寓
想起那年刚到伦敦 夜晚追述一天的美好
太过文艺了 不是吗
但这也没什么不好

下午在小通巷
在一家店里买了一个新本子
突然发现
所谓的文艺
必须是摒弃浮躁之后才能做到的安然
就像这城市的浮尘
必须在雨后才会
淡定下来

不论你在哪里
一切安好！

阿鹏@成都
2010年4月25日

理想 生命 安全 责任

站在HOSTEL三楼的阳台上
背后是一片白色的床单
眼前的长江雾气笼罩
隐约可以看见对面楼宇和山形

站在路边打听轻轨的方向
路人朝天上指了一下说 向上走
拾级而上 蜿蜒曲折
终于在近天处 遇到光明

打开相机的录像功能
缆车跨江而行 将我们融进雾色里
好想在江中坠落
但没这份幸运

好像认识很久了
所以 淡然面对相遇的所有过程
不惊慌 不匆忙
走遍你的大街小巷

植树说我去西游
但这次却是几乎放下所有的记录方式
做一个彻底的旁观者
走走停停 相见再见

回到北京
突然觉得寒冷的感觉好爽

就像饥饿的时候
有一穷二白的感觉

看到别人的生活
和生活里的自己
大家选择不同的方式
不同的路
我们能为自己负责吗
我们选择了最为安全的方式吗
我们也曾经后怕吗
我们是否还觉得生命是至高无上的呢

瞬间就年底了
看到商场里圣诞节的装饰
开始心慌了吗
还是已经奔跑起来了呢

不管在哪里
好好照顾自己和爱你的人
冬天快乐

阿鹏 @ 重庆森林
2010年11月24日

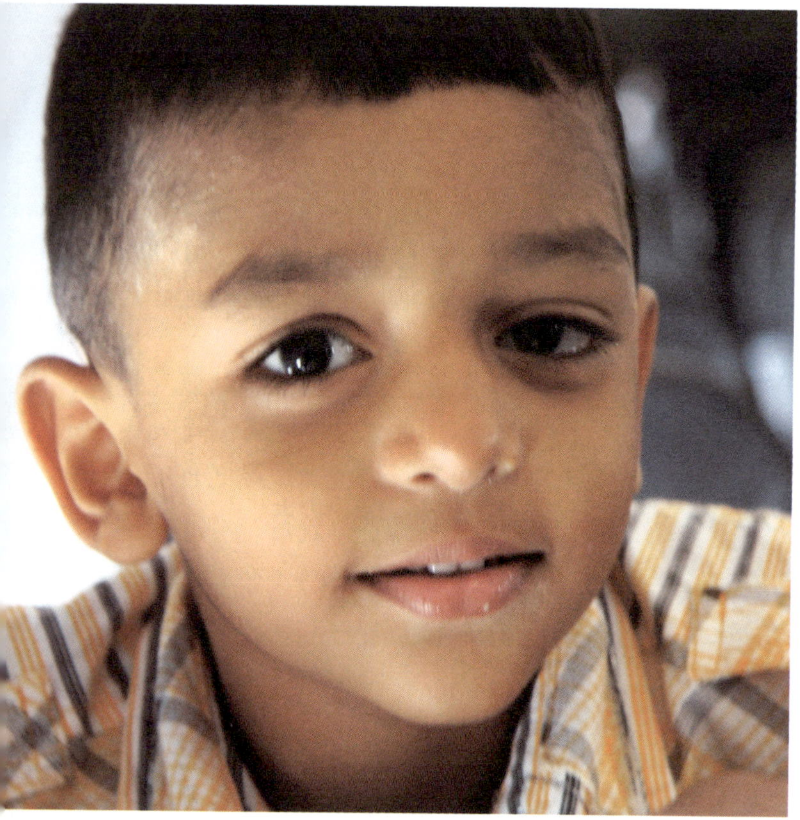

天使国的微笑

不知道什么时候开始
喜欢看云 拍云
如果一定要追根溯源
应该是十九岁那年
刚开始工作的时候
黄昏 就一动不动地看落日
每秒变化的云
天黑回家听老柴

在飞机上一刻不停地拍云
从晴空到夕阳
朋友的老婆说
拍云的人 有心事
可是 真的没什么心事
这次真的是放空了出去溜达的

爱屋及乌的道理谁都懂
尽管没有在天使国发现美食
但 还是喜欢那些闪亮的眼睛
喜欢那些在高山火车上见到的人间美景
喜欢老城堡的云

喜欢转转圈圈的文字
和他们有点奇怪的口音
甚至去买了男人们穿的裙子
去尝试光脚走路

周六下节目走路回家 口渴走进711
竟然毫不犹豫地选择了斯里兰卡红茶
不是因为金城先生代言的原因
只是因为觉得 斯里兰卡
这四个字现在看来 好亲切

有一个插曲没有告诉你
在GALLA古堡的第一夜
和同伴们误进了一处私宅
美国老爷爷异常友好
让大家随便坐随便看随便拍照
他说 他在这里生活了三十五年了

整整十八天
是目前为止人生最长的一段假期了
回到北京也快一周了

有空的时候 就翻翻那些照片
看看那些孩子的笑脸
慢慢整理之后会和大家分享的

即将搬家 昨天和妈妈说
觉得现在的东西太多了
想到那些在路上遇到的背包客
全部家当也不过一两个背包而已
在城市里面的我们
都该轻装上阵的
这样才能放下欲望
获得快乐

阿鹏@半岛公寓
2010年5月16日

愿你的水晶球一直闪亮

在冰雹来临前的北京
在即将搬离的半岛公寓里
一遍遍听 MARIA 的 NORMA
然后把所有素材删除

旧事当中要留给你的
是一个单纯的空间
这个空间里 或许是一个被讲述的故事
但故事中一定有你或你身边人的影子

去年夏天 一直渴望能找到一条清晰的情感之路
就像是暗夜中迷航的船
希望能有一个闪亮的灯塔在前方照耀
曾无数次希望身边的朋友 或者某一段旋律
能将我点醒

一年后的今天 发现
其实有一个水晶球一直都在
在心里 明亮清晰地照耀着内心
不断地提示着
但在情感里的人 会身心分离
身体做的事情和心里想的事情 往往无法统一

很多故事的结尾都不如开始那样美好
于是开始喜欢 那些倒叙的事情
至少方向让人向往
也开始欣赏那些被隐匿的言语

就像麦迪逊之桥的故事里
他们按部就班的生活 没有逃离和舍弃
又在内心不断逃离 舍弃

纳兰性德说
人生若只如初见
其实如果能预知一段感情的终结式
宁愿不遇见任何人 只想微笑 擦肩

不知道为什么
NORMA 听了一遍又一遍
冰雹始终没有来临
即便这个城市的人们都已经
准备好了

那天 找来 THE BRIDGES OF MADISON COUNTY
在晚风轻抚的夜里看这段四十多年前的故事
听说十五年前电影上映时 引发了全球的离婚狂潮

说实话 多么希望婚姻中的两个人
是彼此相爱的 是相濡以沫的
是互守忠贞的 是不离不弃的……

我知道 这太天真了
很多人的婚姻只是 搭伴过日子罢了
但愿你不是这样的
但愿你的水晶球一直闪亮

阿鹏@半岛公寓
2010年5月23日

轮回

那天下午两点
在三里屯太古广场的斯达巴克斯等人
等一个法国人 一个法国导演兼音乐人
去过斯达巴克斯太古店的人应该知道
那个狭小的空间中仿若一个联合国一般的场景
每次站在里面都会恍惚
那是一个有魔力的咖啡店
不论你几时到达都能看到接踵摩肩的情形
以致我脑海里总有一个声音说
这咖啡有那么好喝吗？

回来说那天等人
重点你看到了吗 不是等
而是法国人
听说在印度 大家都不靠谱
坐火车乘客经常会迟到 火车经常晚点
最不靠谱的是 有时大伙都到了就是不开车
结果发现火车司机没来呢
没等过法国人 不知道是不是可以这样以偏概全
就说是一个艺术家吧 生生让我等了一个小时
发短信不回 打电话就说 我还有二十分钟就到了
半小时后再打 他会说 我还有十分钟

我善良地想 他肯定和我一样是一个不戴表的人
事情到此并未暂告段落

我们第一次见面没有完成彼此的工作
相约转天再见 我说 那明天下午两点
他说 我觉得两点半比较好
我说行 当时我脑海中出现的时钟是三点半
第二天两点半 斯达巴克斯太古店
我准时现身 法国人未到
我致电他按掉了
嘿 您这让我怎么想 您是说您就在附近了 马上就到？
三点仍未现身 我致电 他又按掉了
嘿 您真是不拿我的时间当时间啊
三点半 我再次致电 他接了 说
十分钟就到了

世界上最痛苦的事情是什么
不是等待 不是绝望
是等待到快要绝望的时候看到希望然后再次绝望

法国人出现的时候 我没看表
所以也不确定他几点到的
因为我怕我看到结果之后会忍不住揍他
但我心里已经想要就时间的问题和他好好聊聊
没人能想到
那天这法国人唯一的金句是「TIME IS MONEY」

我没忍住 笑出了声 然后很想让他赔我几个小时的青春

周末的太古广场斯达巴克斯
人流如织 一定有细心的店员会发现
几个人在两天中同一时间在店中出现
如雕塑般伫立 直至一个老外出现
第一天如此 第二天亦然
我想他们一般会有一种恍惚的判断
这就是人生的轮回

轮回 时常会在脑海出现
特别在朗读『我与地坛』时

明天北京进四九了
天很冷 但还没下雪
睡觉了 晚安
年底了保持冷静 清醒 乐观的心态吧

一周快乐
阿鹏 @ 北京
2011 年 1 月 17 日

别人留下的世界

你还记得『甜蜜蜜』吧
里面有一个老女人 黎明的姑妈 记得吗
她有一个男朋友 准确地说
她曾经有一个男朋友
是个老外 她念念不忘
故事里 她一直在看着当年的照片
睹物思人
可是那个鬼佬 一去不返 再未出现

最近我总是会想到这一幕
想起那张照片
想起姑妈看照片的眼神
想起那种年年不忘
想起那种已失去 和 不再来的感觉
当我走在夜晚的上海武康路
走在广州的沙面
走在哈尔滨的中央大街
重回天津的香港路
身边的人说着这些建筑的历史
我的心里却满是那个姑妈的眼神

或许我不该这么联想
但你知道吗
无论英式 法式 俄式 意式 还是葡式
我想说的不是曾经的历史
我想说的是目前的陶醉
从上到下 由内而外的陶醉和迷失
当我们坐在哈尔滨吃俄式的早餐
在上海喝英式的下午茶
在广州吃葡式蛋挞
在天津逛意式风情区
我们有点自恋般地陶醉在一种别人的生活里
别人已经走了 过着他们该有的生活
而我们却丢了自己的生活
在拼命回忆和追述 甚至不惜一切重温过往
我们的生活在哪里
有谁知道

上海 广州 天津 哈尔滨 或许还有更多的地方
当你去找所谓的本地特色
竟然是当年的殖民文化
不论当年你有一个鬼佬男友 还是一个鬼佬敌人
活在过去始终是可悲的

躲在冰城的酷暑里
咖啡馆的角落很安静
一切仿佛瞬间和我没什么关系
小野丽莎是这里的主旋律
不插电的冰箱
也不过如此吧

或许我只是一杯冰咖
不该想这么多 遥远的问题
可是你知道吗
你的生活在哪里
在自己的世界
还是在别人留下的世界

如果你有答案
别吝啬 请告诉我 夏安

阿鹏@冰城
2013年8月8日

来的地方

城市中央的站前广场 人不太多
几年来 我曾经无数次经过这里
大多是在深夜
停留的时间点大多在逢年过节
广场边上有一条小路
路边常常站满了人
不知道多少年 约定俗成
这里成为去往另一个城市的始发站
像是丢失了站牌 或者
站牌从未出现

我跟随一群人上了车
车票上写了一个羊字
座位临窗 前后是熟悉的城市口音
瞬间 我似乎就置身于另一个世界
很多人和事 也在这样的声音中
纷至沓来

晚饭后 我问爸爸
爷爷是做什么的
你的爷爷呢 做什么的
我似乎在问着最简单
也是最复杂的一个问题
我是谁 我从哪里来

或许你不知道
我也会羡慕那些从未迁徙的人生
那样的人生里 即便没有的故居甚至故乡
还有很多故人
而游牧的生活 只能让人不断记起
又不断忘记

最近归家
多了很多平日不常有的欢乐和思念
也很珍惜 可以和家人一起看电视的
朴素时光
只是不能有新节目上线
但还一直想着今年要和你分享的世界

归家的日子近了
你也会期盼吧
记得珍惜

那是我们来的地方
也必然是我们回去的方向

阿鹏 @ 凤凰城
2013 年 1 月 27 日

TIME
TRAIN
UDARATA MENIKE
SLOW
PODI MENIKE
1
2
1

当旅行结束时

六月的倒数第三天
我接到两通喜忧参半的电话
一通电话告知我一个合作的暂时停止
另一通则是一个合作的开始邀约
那天我在北师大 参加一个长辈的新书发布
我突然觉得这个暑假就要这样开始了

很多事情 都是这样的
你在一个轨道上运行
周而复始 夜以继日
总会在某一天 因为外力或者内力
将你的行迹改变
外力犹如天上降落的馅饼
不可知 不可寻 不可求
大有听天由命的感觉
而内力却完全可以自控和自发运用

抛开漂浮在宇宙之外的各种外力馅饼不谈
世间人 内力无非可分为两种
内功强大 或薄弱无比
没有人生下来就武功强大
只是每个人的生活习惯和方式
将先天遗传变成了后天差异

肯定有人在一个自己不喜欢的地方
每天朝九晚五却想着如何辞职改变
边想边工作 如此耗尽青春
这是一种人生的拖延
如此的拖延中一定存在着巨大的恐惧
恐惧打造了思想纠结的巨人

这一年的前半段
我每天有十个小时站立工作
有三个小时 在交通工具中移动
有两个小时 交给远方的电台
有两个小时 吃喝拉撒
剩下的时间 在睡觉
很久不周而复始了 偶尔这样忙碌一下
也会觉得是一种难得的体验

每当我在这样的周而复始中发呆
就有一个下一秒逃离的思绪从某处滋生

然后会有另一个对立思绪站出来辩论
我想这是每个人都曾有过的挣扎

一般这样的挣扎会是这样一个句式
如果我……就……
比如 如果我下个月辞职我就去旅行
如果我下周再被领导骂我就 TMD 不干了
如果我明天资格考试过不了我就回家喝大酒
如果我现在……

每个挤满白领的公司大楼顶端
都聚集了无数挥之不去的怨念

上班 是一种修行
不上班 也是一种修行
暑假的旅行 就这样结束了
秋天的旅行 从这个周日开始

一切安好

阿鹏@福岛·北京
2012年9月21日

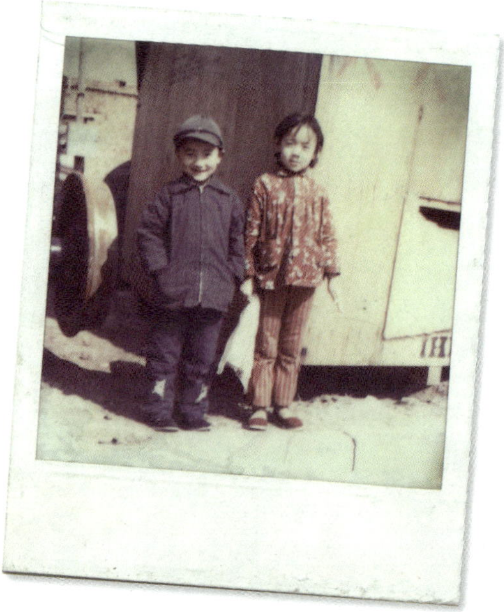

跋／不要告别

雨后的皇家国家公园，毫无杂质的阳光静静地安抚着这里的每一寸草木。曼延无边的绿色中隐藏着一片面积不大的沙滩，站在沙滩中央仿若被一座离岛包围。眼前的海水清澈见底，少年们争抢着奔向无边的蔚蓝里；回头看，正有人从瀑布上纵情跃下，翻滚进另一片蔚蓝里。一切像被调过色的梦境，美得失真。我举起相机，把几个在海边嬉闹着的老人家圈进镜头里，他们笑得像孩子一样，在以兄弟姐妹相称的思念中，在分东离西几十年后，在南国最好的秋色里。

很多年前一个早春的下午，尚未长大的我在路边等回家的通勤车，那是从厂区深处的生产区域通往厂外世界的唯一通道。路边没有明显的停车标识，那是一个无人约定的等车区域。身后堆满了无比硕大的运输设备的木箱，木箱上的异国文字有一种难以表述的美。那时，我读幼儿园大班，身边是一起等车的小伙伴，幼儿园在厂区大门附近的办公大楼的不远处。

这时，从遥远的厂区深处走来两个人，他们迎着夕阳一边走一边说着什么。与此同时，厂区广播站的大喇叭开始了下班时间的厂区新闻播报。两个人越走越近，我发现高高瘦瘦的是我的外公，旁边的是一张陌生又和善的面孔。我挥挥手，大声地打招呼，我看到外公和身旁的人说了些什么，然后陌生人朝我微笑着点点头，拿起挂在脖子上的一个相机一样的东西，示意要给我和小伙伴拍照。于是，我就拥有了人生中第一张彩色拍立得照片。

故事并未结束。给我拍照的是当时在厂区做技术支持的日本专家，他和外公走后，我和小伙伴就这一张拍立得归属于谁的问题产生了巨大的分歧和激烈地争执，最后在班车上“你看一会儿，我看一会儿”的过程中，失手掉进了班车玻璃的夹缝中，失不再来。那是我人生记忆中第一次品味失落。

次日傍晚，几乎相同的时间和地点，日本专家在外公的陪伴下，再一次举起了手中的拍立得相机，为我和小伙伴一人拍了一张照片。所以严格意义上讲，这是我人生中第二张拍立得照片，在遥远而陌生的 1981 年。

总会偶尔想起这张拍立得，像是外公隔着遥远的时空给我的一份礼物，要我懂得分享，懂得淡然地对待人生中的一些获得。

我的叛逆期比青春期还要长，总在不断地打破获得，去寻自己认为的真；扔掉别人认为的好，去寻心头的爱；为自己贴上一个个标签，再逐一撕下。从体制内到体制外、从外企到私企、从传统媒体到新媒体，当我意识到自己是拧种的时候，其实已经可以对很多事情淡然相对了。我也曾是一个抱怨狂人，以致身边的朋友一直隐忍负重。人生需要慢慢熬制，有些道理是在你摔倒了爬起来的一刻，甚至摔倒了爬不起来的时候，才会明白。

想起小学时父亲在家长会上的一句发言，他说：“我家孩子一直是自然生长，我们不怎么管他。”从离家读书，到独自生活，几乎从未有过恐惧或强烈的波折感，或许是幸运，或许就是是家人通过某种无形的方式给了我一份强大的自信力，让我背后的目光一直都在。

像当年进电台时一样，很多事情都是在懵懂中开始的，对于文字也是如此，心里总有一个声音在说：广播和写作都是非常严肃的事情。这本书中记述的内容，更像是我生活的拼贴：有早些年工作的记忆、旅行路上的随感、还有开始栗憓 SOUND 之后的一些节目文稿、以及从那时开始以群发邮件的方式断断续续写出的信。

认识了清林那年，他读小学四年级，是一个广西百色老区的孩子。我们通过《中外少年》杂志一个资助贫困地区濒临失学儿童的活动相识。说是相识，其实我们只有彼此的地址，隔着千山万水，就那样一南一北地开始通信了，那是我第一次给陌生人写信。

那时我在铁路学校读书，学业负担不重，半个月或一个月就写封信给他，问问学习情况，修改他来信中的错字。清林每次都非常认真地回信给我，像是在写作文一样。有时候我会寄一些自己看过的书或杂志给他，想让他通过阅读看到外面的世界。他说家人开了一间小卖部，哥哥和姐姐都早已辍学，在广东打工。很多年中，我的地址一变再变，而他一直都住在那个叫资源的小县城。

清林高二那年，写了一封信给我。信上说：读书太辛苦，自己压力很大，因为身体原因，高二休学了一年。他说：不想读书了，想像哥哥姐姐一样去大城市打工，但又觉得辜负了我对他的期望。

我回信说：即使有幸运和机遇的成分在，任何人的一生也都应该是自我选择的结果。我当然希望你参加高考、读大学，通过读书改变自己的命运，但是如果那根本不是你想要的路，我也会支持你其他的选择。而此刻，你最需要的是知道自己心里到底要什么样的未来：和哥哥姐姐一样，辍学、打工、赚钱，或是读大学、学更多的知识、看更大的世界。这两种现在看来没有太大的区别，但是你想过十年或二十年后自己的生活吗？

其实我知道，清林是把我当作榜样的，因为通信的这些年中，他眼看着我从一个铁路学校的学生成为了电台主持人。后来他还是选择了继续学业，直到高考之后的那个暑假，他打电话给我说在几个可选专业中有点犹豫，不知道要怎么选择，让我帮他分析一下。不久之后，他又再次打电话来，说收到了南宁一所大学的录取通知书，说全家人都特别高兴。但是，学费有点高，家里只能负担一部分。我对他说：我并不富裕，但负担你剩余的学费还是没问题的，如果你觉得受之有愧，就算是我借给你的好了。

有时想想，做电台节目或者给陌生人写信，貌似是在述说和了解别人的故事，其实都是在梳理自己的人生。这么多年，我一直没有去过资源、没有去过南宁、没有去过广西、没有见过清林。清林读的是一所南宁很普通的大学，学的室内设计专业，他是家里唯一的大学生。因为工作和生活的变化，我和他失去联系也很长时间了，偶尔想到这件事还觉得像是很有以前做过的梦。

这些年，因为变化、因为不断地离开和放弃，也遗失了很多偶然的相遇。可能是某个夜晚从广播里听到的一个声音或者名字，可能是在手机或者书店的杂志里见过的一段文字或一张照片。这些年，时代在变、载体在变、生活也在变。我们就这样不断地遇见、失散、重逢，再消失于人海。从陌生开始以陌生结束，在各自的时光里长大、变老，但我知道一定有某时在某地我们无比炙热地心灵互通过。

了解一个人太难。从最初在电台每天乐此不疲地拆信，到现在收到公共微信上的留言，我看到的都是某一个人某一天或某一刻的心情，就像我们不能凭借一首歌去判定一个歌手的一生，就像去一座城市、一个国家，短暂的旅行中你看到的再多也只是冰山一角。在这本书里，你看到的也只是某一段时间中的我，不是全部、不是最好，但一定是用心记录的生活。

特别感谢每一位为这本书付出辛苦工作的人。谨以此书献给我的父母、家人；献给和我一样经历着无数选择，不断放弃又仍在坚持的你。

很多电台的故事，被我搁浅了。自认是个重感情的人，我需要时间来慢慢消化一些故事。就像2001年的最后一晚，天津音乐台直播间。我若无其事地说完“新年快乐”，推上最后一首歌，然后躲在直播间的角落里大哭。不想在节目里伤情地说再见，就那样无声地跳转了频率。还有2006年，也是年末的一夜，北京，中央台直播间。小钟在弹吉他，我在唱歌。心里却很清楚，又要这样不告而别地悄悄离开了。走出电台大门，收到一束花，送花的人应该很明了守夜人说再见时的心情吧。

北京的盛夏来得有点凶猛，在一个无比漫长的春天结束以后。那天在金斯福德国际机场，入关口小得让人很容易一不小心就错过了，几个老人家眼泛泪光、声音哽咽，在临行前拥抱着告别。我举起相机说，来照张相吧，别哭，我们还会再见的！

阿鹏叔

2014年6月

北京